Piel de luna

Saga de los Devonshire I

Maria Isabel Salsench Ollé

Nota de la autora: Todos los hechos que se relatan en esta obra son ficticios. "Piel de luna" fue mi primer libro publicado, espero que le cojan tanto cariño como yo.

Primera edición en Septiembre, 2018
Segunda edición en Febrero, 2019
Tercera edición en Septiembre 2019

Prólogo

1840. Dos años después de que iniciara la era victoriana. Chatsworth House, Inglaterra.

Los Duques de Devonshire eran una de las familias más prestigiosas de la aristocracia inglesa. Eran inmensamente poderosos y ricos, además de poder presumir de una reputación intachable. Como no se esperaba menos de una familia de su estatus social, disponían de numerosas propiedades tanto en la ciudad como en el campo aunque la más majestuosa de todas ellas era la mansión de Chatsworth House —una imponente construcción rodeada por hectáreas de prados y de bosques— considerada la residencia habitual de la familia.

Sus salones albergaban una extensa y magnífica colección de obras de arte que habían alentado a la querida Audrey a desarrollar una extraña afición por la pintura, no era un pasatiempo común entre las señoritas de la aristocracia inglesa, pero nadie se lo recriminó nunca aparte de su madre, por supuesto. Se podía decir que ese era el único *"defecto"* de Audrey, puesto que en su temprana edad se había convertido en una perfecta dama inglesa: educada en etiqueta, música, costura, danza, idiomas y administración del hogar. Además de poseer unos modales en sociedad impolutos, nunca se había podido hablar mal de ella y no era porque la sociedad inglesa fuese precisamente indulgente o que ella pasara inadvertida; al contrario, desde que había sido presentada en sociedad (el año anterior) todas las miradas habían recaído en ella siendo así el foco de atención. Y no era para menos, puesto que era la primera hija de la acaudalada familia Cavendish no sólo ostentaba una dote inmensa y un apellido prestigioso, sino que estaba bendecida por una belleza única e incomparable.

Su pelo cual azabache negro en contraste a su piel perlada, la habían convertido en la beldad de la temporada, aunque no cumpliera el prototipo de la época, el cual requería ser rubia. Nadie comprendía por qué una joven como ella no se había casado todavía. No había sido por falta de propuestas, desde luego que no. Ese pequeño detalle era el único que habría podido encender la mecha de los rumores; sin embargo, Audrey transmitía tanta serenidad y templanza que nadie se había atrevido a mencionar ese suceso en público.

En cambio, en el núcleo familiar, las aguas no estaban tan apaciguadas puesto que la Duquesa de Devonshire —Elizabeth Cavendish— se mostraba inquieta y cuestionaba a su hija el por qué de su declinación al sin fin de apuestos caballeros que habían pedido su mano. El padre, cariñoso y permisivo, no había querido dar la mano de su querida hija sin el consentimiento de la misma; pero si hubiera sido por Elizabeth, la joven ya ostentaría el apellido del Duque de Walton o del de Cornualles sin importar lo más mínimo su opinión al respecto.

El Duque de Devonshire —Anthon Cavendish— era un hombre que, a pesar de su edad, aún conservaba su buen porte y su elegancia: era alto, fornido, con el pelo negro y dos pequeños océanos que suavizaban sus endurecidas facciones; su primogénita, era su fiel copia, no sólo en porte sino en personalidad. A pesar de no tener un heredero, Anthon nunca se había lamentado por ello, siempre decía que sus cinco hijas eran lo mejor que le había sucedido en la vida y siempre las colmaba de afecto como de atenciones.

En cambio su esposa siempre se había lamentado por haber engendrado sólo a *"damas inútiles"*, tal y como como solía decir. La rígida Elizabeth Cavendish, fue una beldad en su juventud y la debutante estrella de su temporada; de hecho, aún conservaba su impresionante melena dorada y su voluptuoso cuerpo; sin embargo, su personalidad avinagrada y su carácter

excéntrico opacaban su belleza externa. La única preocupación de la Duquesa era la de educar y formar a sus hijas como mujeres comedidas y sumisas que pudieran ser vendidas al mejor postor y, el mejor postor, significaba un caballero poseedor de título y dinero para que, al menos, pudiera asegurarse su propio futuro si su marido algún día la dejaba. Ya que la falta de un heredero le haría depender de la compasión de sus yernos; debido a eso, Elizabeth, impartía una disciplina y educación estrictas exentas de cualquier muestra de afecto.

Capítulo 1

Encuentro inesperado

Audrey se encontraba en los jardines, concretamente en su parte del jardín, ella expresamente había ordenado a los sirvientes plantar gardenias en ese lugar de forma ordenada y precisa; cerca, se encontraba el gran lago, donde sus cuatro hermanas disfrutaban de la barquita que la pobre Señorita Worth intentaba dirigir. Desde su banqueta, observaba la situación y reflexionaba como sería su vida lejos de ahí una vez contrajera nupcias.

Sabía perfectamente que su madre no descansaría hasta que se casara en esa misma temporada, la cual sólo faltaba una semana para que empezara. La pasada temporada, hubo decenas de solicitudes para ella, pero ninguna le había convencido. Todos los jóvenes que había tenido el placer —si es que podía llamarse así— de conocer le habían parecido faltos de carácter e insulsos.

Sabía que soñar con un matrimonio con amor era cosa de esas novelas que su hermana Gigi solía leer, no era ese el motivo por el cual no había aceptado a ningún honorable caballero. A ella no le importaban esas cosas —sólo anhelaba un hombre que la respetara— no quería quedar en un segundo plano cuando se casase, y ninguno de esos caballeros la hubiera tomado en cuenta

más que para engendrar a un heredero. Quería hacer algo con su título, no sólo ostentarlo, quería usarlo.

—¡Audrey! —nombró la hermana que la seguía, Elizabeth, o como todos la llamaban, Bethy—. ¡Audrey! ¡Acércate y sube al bote con nosotras!

—¡No creo que pueda subirme Bethy! ¡No llevo el vestido adecuado, este es muy pesado! –respondió ella con una voz modulada, ataviada con un vestido de volantes color crema y con una cofia para que el sol no manchara su impoluta piel.

—¡No importa! ¡Nosotras te ayudaremos, no seas aburrida hermanita! —instó la pequeña Liza.

Audrey no quiso desanimar a la más pequeña de sus hermanas, Liza, la cual había padecido una larga enfermedad de sarampión y era la primera vez en varios meses que salía; por ese motivo y sólo por ese, fue que decidió levantarse y acercarse al lago mientras la Señorita Worth —la institutriz de las damas— hacía esfuerzos para acercarse a la orilla y ayudarla a subir. La mayor no terminaba de concebir la idea de embarcarse en ese velero, pero ver la sonrisa de su pequeña Liza fue lo que le animó a empezar a poner un pie dentro de ese bote tambaleante con la ayuda de Georgiana y de Karen.

Cuando ya creía que lo tenía hecho, el bajo del vestido se quedó enganchado con un clavo mal puesto y perdió el equilibrio; segundos después, se vio zambullida en la fría agua del lago y sólo escuchaba los gritos de la Señorita Worth, las risas de Georgiana y de Karen, el llanto de Liza y los gritos de auxilio de Elizabeth. Sin embargo, de golpe, notó unas manos fuertes que la salvaron de una posible asfixia entre los pliegues de su falda acompañados por bocanadas de agua.

Cuando pudo haber expulsado toda el agua que había tragado y respirar, levantó la mirada para vislumbrar a su salvador: un hombre con el rostro más bello que jamás había visto.

—¿Se encuentra bien? —interrogó el dueño de ese rostro con voz grave, al mismo tiempo que sus hermanas y la institutriz bajaban del bote lo más rápido posible y se acercaban a ella corriendo.

Cuando su hermana Liza se tiró a sus brazos fue cuando reaccionó y pudo contestar al misterioso caballero que la había rescatado.

—Sí, gracias —consiguió responder de la forma más firme posible a pesar de la confusión y del frío.

Capítulo 2

Presentación

Entraron en la gran mansión con Audrey empapada de arriba a abajo y ayudada por el fuerte brazo de ese caballero que seguía siendo un desconocido para ella, aunque intuía que debía ser un noble debido a sus ademanes refinados, aunque no pomposos.

—¡Dios mío Audrey! ¿Qué te he ha pasado? ¡Rápido! Preparen una tina de agua caliente y súbanla a su habitación —ordenó la madre con notable nerviosismo y preocupación—. ¿Cómo has podido ponerte así? Desde luego esperaba esto de Karen o de Georgiana, pero nunca de ti.

—Madre —intervino Elizabeth—, Audrey sólo quería contentar a nuestra hermana pequeña subiendo al bote con nosotras, pero su vestido se enganchó y cayó al agua. Tuvimos suerte de que este respetable señor nos ayudara.

Todas las miradas recayeron encima del alto y apuesto joven que esperaba con actitud despreocupada en un rincón del vestíbulo. Su pelo castaño claro brillaba con los rayos de sol que entraban por los ventanales y sus ojos celestes podían intimidar a cualquier hombre o mujer que se interpusiera en su camino. Por sus espaldas anchas, se deducía que debía ser un hombre acostumbrado a realizar esfuerzos físicos, seguramente debido a su posición, debía ser un integrante del ejército. La Duquesa de Devonshire no pudo reconocer al joven, por lo que muy discretamente empezó:

—Muchas gracias Lord...

—Lord Seymour, futuro Duque de Somerset y Teniente de la armada —respondió el Duque de Devonshire, quien entraba sonriente en ese preciso instante —. El joven Seymour, ha venido a visitarme hoy para informarme de algunos asuntos de Estado pero mientras dábamos un agradable paseo, hemos divisado la inminente catástrofe de mi querida Audrey—, relató mientras se acercaba a su hija y le acariciaba el pelo cariñosamente—. Por eso, Edwin fue a su rescate mientras yo llevaba los caballos al establo.

—Oh, muchas gracias, Lord Seymour. Le estamos muy agradecidos por su ayuda. Le presento a mi hija mayor Audrey Cavendish —dijo la Duquesa sin ningún reparo.

Audrey, que aún no había dirigido la palabra a su salvador porque no habían sido debidamente presentados, lo miró todo lo firme que pudo y consiguió decir:

—Encantada y déjeme agradecerle su oportuna intervención en el lago —ofreció su mano para ser besada como correspondía.

El caballero dotado de unas formas tan impolutas como ella, hizo una sutil reverencia al mismo tiempo que besaba el suave dorso de su mano enguantado y... ¡empapado!:

—Ha sido un placer poder ayudar a una dama en apuros, pero déjeme decirle Lady Cavendish, que estoy sufriendo de una terrible preocupación por vos. ¿No va a padecer de fiebres si sigue sin ir a cambiarse de vestuario? —dijo mirándola fijamente a los ojos con una mirada difícil de entender.

De pronto, sus mejillas se sonrojaron al advertir que todo el vestido aún estaba empapado y que estaba pegado a su cuerpo mucho más de lo debido. ¡Dios mío! La obsesión de su madre por encontrarle un buen candidato ya estaba pasando de castaño a oscuro. No podía ser que su madre la hubiera presentado en ese estado.

Con toda la calma que consiguió reunir, se despidió sólo como una reina lo haría y subió todo lo rápido —y que las normas del decoro le permitieron— esas escaleras que se le hicieron infinitas. Cuando llegó a la habitación no esperó a que su doncella le ayudara a quitarse el vestido. Con una rabia que le supuraba a través de los poros se despojó del corsé y de las enaguas mientras odiaba profundamente a su "salvador". Él sólo la había considerado una dama en apuros a la que reprender en público.

Una vez en la tranquilidad de la tina repleta de agua caliente, rememoró lo sucedido una y otra vez hasta comprender que, en realidad, se había sentido cómoda en los brazos de ese tal "Edwin".

Capítulo 3

Él

Edwin Seymour, futuro Duque de Somerset, se encontraba sentado en uno de los majestuosos sillones de la mansión de Chatsworth House —en la que se quedaría al menos dos días más— por expresa invitación de la Duquesa de Devonshire; le había resultado imposible rechazarla, puesto que había sido en motivo de agradecimiento.

Lo cierto era, que no le gustaba para nada tener que quedarse apartado de la ciudad cuando tenía tanto trabajo, pero si había algo que primaba por encima de cualquier cosa eran las normas de cortesía. Y hubiera sido muy descortés negar la petición de una Duquesa.

Él mismo pronto ostentaría dicho título. Recién cumplidos los treinta años no había hecho nada más que trabajar cómo si ya fuera poseedor de un Ducado. Con su padre enfermo y su madre ya muerta desde hacía mucho tiempo, se había tenido que ocupar él mismo de la administración y gerencia del patrimonio desde una temprana edad. Casi no había tenido tiempo para bailes ni ceremonias, por eso no le extrañó que Elizabeth no lo hubiera podido reconocer.

Era un hombre de impoluta reputación pero siniestro; distaba mucho de ser el caballero perfecto —Edwin Seymour— era cínico y tal parecía que detrás de esa sonrisa y ese andar despreocupado escondiera algo.

No esperó a que su ayuda de cámara lo asistiera para empezar a sacarse la camisa, dejando así a la vista su torso viril y musculado. En la espalda, tenía dos cicatrices que le habían dejado las dos guerras en las que tuvo que participar; no le gustaba la guerra, pero su posición cercana al Rey le había prácticamente obligado a formar parte del ejército como teniente. Todos sus amigos alababan su destreza en el campo, su mente fría y su puntería, pero para él eso no significaba nada; cuando estaba en el campo de batalla, sólo pensaba en cumplir con su deber nunca en ganar honores o distinciones.

Sus amigos muchas veces lo instaban a salir y divertirse, pero él prefería quedarse en casa trabajando, en su mundo. No podía negar que tenía sus amantes y sus noches de lujuria, pero nada que para un hombre de su posición no fuera normal y necesario.

Sonaron unas estridentes risas femeninas provenientes de las hijas del Duque.

"Pobre Duque", se dijo a sí mismo; pensando en cómo era posible que un hombre viviera en una casa en la que sólo había mujeres. Si hubiera sido él, hubiera probado con otras esposas para poder engendrar a un varón, nunca entendería como un hombre podía dejar perder su legado, su fortuna, su tiempo...por amor. Para él, el amor era pasar una noche con la despampanante rubia proveniente del este de Europa —Ludovina— la cuál aplicaba unas técnicas amatorias en la cama que lo dejaban más que satisfecho y si algún día se casaba sería —sola y únicamente— para asegurar su descendencia. Jamás dejaría que su futura esposa interfiriera en los planes de su vida.

Aunque siempre le habían gustado las féminas rubias, tenía que reconocer que esa tarde la joven Cavendish le había hecho ver que una mujer de pelo oscuro podía ser igual o más seductora. Una ninfa de piel blanca como la luna y el pelo como la noche se le había presentado delante con un vestido que dejaba muy poco a la imaginación y dejaba entrever unas curvas más que generosas. Pero lo que había provocado en él una excitación desmesurada, fue el percatarse que con todo el movimiento de la barca y del agua, el corsé de la Lady Cavendish había menguado. Rápidamente apartó ese recuerdo de la memoria si no quería encontrarse otra vez con el mismo estado y sin ninguna amante con la que saciarse.

—Lord Seymour —nombró una voz de barítono al mismo tiempo que unos toques estudiados en la puerta resonaban en el interior de la recámara.

—Pase.

—Buenas noches, señor. Soy John, su ayudante de cámara, me han informado que la cena se servirá dentro de diez minutos, ¿quiere que le ayude a preparase?

Después de diez minutos estaban los Duques, su primogénita y él, sentados en una gran mesa de roble compartiendo un ternero asado y unas exquisitas viandas preparadas con cariño por la Señora Poths, la antigua cocinera de la familia. Las hermanas menores no estaban presentes puesto que aún no habían sido presentadas en sociedad y no era adecuado que a esas horas de la noche conversaran y comieran ya que no estaban preparadas para ello; aunque eso había supuesto una regañina entre madre y Elizabeth, que sólo le faltaba un año para su debut.

Como era de esperar, habían sentado a Audrey justamente delante de Edwin, por si había alguna remota posibilidad de que no se mirasen durante la cena.

"Gracias mamá", se dijo Audrey a sí misma la cuál a pesar de la sencillez del vestido que la situación requería, se veía radiante. Había escogido junto a su doncella, un vestido color celeste ajustado en la cintura y con encaje azul turquesa en la altura del pecho mientras la falda caía con gracia dándole un aire sofisticado.

—Cuéntenos, ¿cómo es Grecia?, he oído que ha estado usted ahí recientemente Lord Seymour— preguntó con curiosidad Anthon.

—Es un país caótico pero lleno de buenas oportunidades para los negocios, la verdad es que he podido descubrir muchas cosas interesantes. Lo mejor de todo es el clima, hay un clima muy beneficioso para la salud.

—Yo estuve en España hace muchos años me imagino que debe ser parecido, pero me gustaría ir y ver qué puede ofrecer ese lugar.

Mientras los hombres hablaban de política, Audrey cada vez estaba más nerviosa. Al menos tenía la tranquilidad de que externamente sólo se podía intuir serenidad y templanza pero por dentro ya no podía aguantar más; no sabía hacia donde mirar, cada vez que se encontraba con los ojos de Lord Seymour se sentía como una *caza maridos* y si estaba mucho tiempo mirando el plato parecía una glotona. ¿Por qué su madre se empeñaba en hacerle sufrir tan incomodas situaciones? Ese hombre iba a darse cuenta de las intenciones de su madre, o peor aún, podría pensar que era ella misma la que tenía intenciones de pescarlo y nada más lejos de la verdad. De lejos, se veía que era un hombre de tormentoso carácter, poco dado a la igualdad entre géneros, egoísta y cínico. Si algo tenía como ventaja Audrey Cavendish, era que sabía calar muy bien a las personas y esa no había sido una excepción.

Finalmente, y dando gracias a Dios, la cena terminó y todos los comensales se retiraron a sus aposentos sin ningún hecho relevante más que el de una conversación de política entre dos caballeros, una Duquesa frustrada por las pocas intenciones de entablar conversación por parte de su hija y una Audrey con los nervios más crispados que nunca.

Al término de dos horas Edwin se encontraba en la enorme cama sin poder conciliar el sueño.

¿Qué le pasaba? No podía dormir, sólo pensaba en la joven Cavendish y su ceñido vestido celeste. Sólo pensaba en descubrir que escondía ese encaje. Eso no le podía estar pasando, durante la cena había notado sus miradas furtivas y si no fuera porque estaban los Duques delante, habría saltado encima de ella como si de un depredador se tratara. Para que lo mirara fijamente a los ojos y se dejara de vacilaciones.

A decir verdad, ni siquiera le caía en gracia esa Señorita Remilgada, a leguas se veía que era la típica dama recta y, a su gusto, demasiado fría y bien puesta.

Con la intención de aplacar ese insomnio, decidió ponerse la bata y bajar al salón para servirse una copa de coñac al lado de la chimenea donde había un cómodo sillón rojo en el que sentarse.

Capítulo 4

Extraña complicidad

El crepitar de la leña en la chimenea y esa segunda copa de coñac —que amenazaba ser ya la última— habían logrado apaciguar al vigoroso Edwin Cavendish. De hecho, empezó a notar como los parpados iban sucumbiendo al peso de la gravedad.

Sentado en ese sillón observó la majestuosidad del salón decorado con una moqueta aterciopelada con mosaicos verdes y dorados, sillones tapizados con la más fina seda y espectaculares lámparas de cristal. Siempre había escuchado que Chatsworth House era toda una proeza del buen gusto inglés, pero ahora lo había podido constatar con sus propios ojos.

El palacio de su Ducado —Somerset— no se quedaba atrás en majestuosidad, pero quizás sí que lo hacía en cuanto a modernidad. Había que reconocer que la Duquesa de Devonshire hacía un gran trabajo y tenía un gran gusto.

Se percató que el fuego de la chimenea ya estaba prácticamente consumido y decidió que ya era hora de retirarse a sus aposentos. Guiándose tan sólo por la tenue luz de la luna empezó a andar en dirección a la gran puerta de roble, pero qué sorpresa cuando vio que ésta de pronto se abrió y una silueta femenina con paso decidido se adentraba en la sala.

Lo caballeroso y adecuado hubiera sido que inmediatamente con una disculpa se hubiera retirado de la estancia, pero el deseo ferviente de que esa misteriosa mujer fuera su Lady Remilgada lo hizo sentarse en uno de los sillones más apartados observando la escena.

La sombra femenina iba cogiendo, a medida que se acercaba a los ventanales, más forma humana gracias a la luz de la luna. Cuando ésta se posó enfrente del ventanal, por fin pudo ver su deseo hecho realidad, allí estaba ella: Audrey Cavendish, compitiendo con la belleza de una noche con luna. Su larga caballera negra caía de forma seductora hasta sus caderas mientras que el camisón blanco que llevaba dejaba muy poco a la imaginación.

Edwin se quedó inmóvil, en ese sillón, observándola en silencio y reprimiendo el impulso de acercarse a ella, porque sabía que, si se acercaba, no sería dueño de su cuerpo. Así que —silenciosamente— se dispuso a hacer lo más sensato, salir de ahí. Pero un susurro no lo dejó avanzar más de dos pasos:

—Tish, ¿dónde estarás? —musitó una preocupada Audrey para sí misma.

Entonces reparó que la joven parecía estar buscando algo en el exterior de la mansión y se la veía terriblemente preocupada. ¿No era de caballeros ayudar a una dama en apuros? Decidió volver sobre sus pasos y engañarse a sí mismo diciéndose que lo hacía por el bien de la joven dama:

—Disculpe Lady Cavendish, pasaba por delante del salón y no he podido evitar verla aquí de pie mirando hacía los jardines, ¿me permite ayudarla? —dijo intentando hacer parecer que esa situación era de lo más habitual.

Audrey se quedó petrificada. Edwin Seymour en el mismo salón que ella y ataviado con una simple bata que dejaba parte de su fuerte torso a la vista. Lo primero que se le ocurrió responder era que la única manera en la que podría ayudarla sería saliendo inmediatamente de esa sala; sin embargo, su preocupación por su amado perro era mayor que el pudor que pudiera sentir en esos momentos.

—Lord Seymour, deberá extrañarle verme en medio del salón a las dos de la noche, pero estoy angustiada por mi perro Tish. Normalmente, siempre está en mi habitación y duerme a mi lado desde que tengo seis años, pero esta noche no lo he visto así que me preguntaba si estaría en el exterior. Puede ser que el Sr. Gibbs, nuestro mayordomo, lo haya dejado fuera sin querer —como ya es mayor— a veces no se da cuenta. Sé que puede parecerle infantil mi actitud pero…

Así que era eso, Lady Remilgada tenía sentimientos y esos sentimientos estaban depositados en un can de nombre Tish. Debía de importarle mucho ese animal para no haber pedido a un lacayo que lo buscara, había salido ella misma para encontrarlo. Era una muchacha determinada; aunque él no era partícipe de coger tanto aprecio a un animal, en la última década se había puesto muy de moda que las damas disfrutaran de la compañía de los perros. Incluso se había vuelto un símbolo de distinción, tanto así, que la Reina Victoria había sido retratada con su perro Dash recientemente.

—Señorita, ¿no sería mejor que avisara a su doncella para que ésta diera la orden de buscarlo? Estoy seguro de que sus sirvientes estarán más que dispuestos a encontrarlo.

—Usted no lo entiende Señor, déjeme decirle que mi Tish sólo responde a mi llamada e incluso en numerosas ocasiones le teme a quien no conoce, por eso no puedo confiar esta tarea a un sirviente cualquiera. Tengo que ser yo misma quien lo encuentre.

—Entiendo, ¿no podría usted buscarlo mañana por la mañana? Ahora es oscuro...

—Le agradezco sus consejos Lord Seymour, pero si no le importa seguiré buscándolo –dijo con determinación dándole la espalda y yéndose a otro ventanal.

—¿No le han dicho nunca que la obstinación no es una buena cualidad en una Señorita? —¿Cómo podía ser que una niña no escuchara las palabras de un teniente? Por mucho que fuera la hija de un Duque tenía que respetar la palabra de un hombre más mayor y con galardones. ¿Pero qué hacía esa muchacha? ¡Ahora estaba abriendo el ventanal para salir al balcón! ¿Pero no veía que se iba a resfriar? Con el paso firme de un teniente se decidió a salir y reprender la conducta de una muchacha tan irresponsable, como dama tenía que deberse a unos modales.

Había escuchado que esa dama en cuestión era de una reputación y educación intachables, pero lo único que estaba viendo era a una muchacha obstinada.

Al salir al balcón, toda intención de reprenderla se marchitó al verla totalmente desconsolada. La joven estaba sentada en uno de los bancos, acurrucada y con la mirada puesta en los jardines mientras las lágrimas brotaban de sus ojos. Parecía que la joven que había conocido hasta ahora se hubiera evaporado. La chica recta, educada, impasible y fría ya no existía. Ahora estaba viendo a una mujer vulnerable, con sentimientos y natural.

El futuro Duque decidió acercarse con todo el tiento que fue capaz de reunir.

—¿Se encuentra bien Señorita? ¿Quiere que llame a alguien del servicio para que la pueda ayudar?

—¿Para qué? ¿Para que venga mi madre y me reprenda por mi comportamiento? ¿Para qué me diga que deje esta niñería de mi Tish? Usted no lo entiende Lord Seymour, Tish ha sido el único que siempre ha estado a mi lado, el único que no me reprende por cada cosa que hago. Nunca pude comportarme como una niña, jugar y divertirme sin preocuparme de manchar mi vestido tal y como hacen los hijos de los sirvientes —relató una Audrey fuera de sí, el haber perdido a su perro la había afectado profundamente, lo que para muchos podía parecer una banalidad para ella significaba mucho.

El teniente alzó la vista hacía al jardín, estuvo un rato de pie, estudiando qué debía decir o hacer ante esa confesión. Pero como si fuera una señal divina, a lo lejos divisó a un perro acurrucado en un matorral. Ese debía ser el motivo del desconsuelo de esa joven. Así que no dudó en bajar las escaleras hacía al jardín y, a pesar del frío, cruzó más de cien metros. Al llegar a Tish no sabía si el animal respondería positivamente a su presencia, pero lejos de lo que imaginó éste se acercó a él moviendo la cola así que lo cogió en brazos, volvió a cruzar la distancia que había recorrido y subió al balcón.

Por otro lado, Audrey no podía creer que el cínico de Edwin hubiera cruzado parte del jardín para recuperar a su Tish. Al principio, cuando lo vio darse la vuelta e irse pensó que, como era de esperar, iría a avisar a alguna doncella para que se ocupara de ella, pero cuando vio que bajaba las escaleras y cruzaba el jardín se quedó anonadada. De entrada, no entendió nada, pero cuando vio a su querido perro en los brazos de él, la cordura volvió en ella. No sin sentirse más que avergonzada por el lamentable espectáculo que acababa de dar delante de ese petulante. Como siempre, lo único que habría querido —ese honorable caballero— con ese acto era dárselas de caballero perfecto. Así que para cuando Lord Seymour había subido las escaleras, Audrey volvía a estar de pie con la espalda recta y el semblante impasible.

—Muchas gracias, Lord Seymour; le estoy muy agradecida por su caballeroso acto —dijo con cierto tono de sorna que sólo ella podía entender—, así como también le agradeceré el día de mañana su discreción en cuanto lo ocurrido. —Estiró los brazos en espera de que depositara a Tish en ellos y así poder irse lo más rápido posible de ahí.

Edwin se quedó estupefacto, ¿cómo podía ser que en cuestión de unos pocos minutos esa mujer volviera a ser Lady Remilgada? ¿Qué creía ella? ¿Qué había pasado frío y cargado a un animal por el deber de ser un caballero? Estaba muy equivocada, no sabía qué era lo que la había impulsado a hacer esa acción, pero de lo que estaba seguro era que no había sido por su caballerosidad. Caballerosidad hubiera sido llamar a un sirviente para que fuera en busca de él. Así que le entregó el perro y la siguió hasta el salón.

—Espere Lady Cavendish —dijo con un tono que intimidaría al más feroz combatiente pero que, como era de esperar, Audrey no se intimidó.

—¿Sí? —repuso ella con un tono desafiante encarándolo.

—Tiene usted una dignidad propia de una reina, de esas que son innatas, pero no puede negar lo sucedido hace tan sólo quince minutos; cuando usted se abrió a mí, y déjeme decirle que le entiendo perfectamente cuando dice que ha pasado toda la vida en función de las normas.

—Como ya he dicho, Lord Seymour, espero que todo este suceso quede olvidado; aun así, le agradezco que encontrara a Tish. Y ahora, si me disculpa, es hora de retirarme.

Ahí estaba ella: con un camisón, el pelo alborotado y las mejillas aún empapadas en lágrimas mas hablando con templanza y la barbilla levantada.

Edwin la miró asombrado, nunca había visto a una dama así. Cuanto más la miraba, más se acercaba a ella. Y aproximándose llegó a rozar sus brazos, molestándole el obstáculo que suponía Tish en medio de los dos. Por eso, cargó al perro nuevamente y lo dejó sobre un sillón sin mediar palabra.

—Disculpe, ¿pero qué...? —antes de que Audrey pudiera terminar la frase, Edwin besó esos labios carnosos que lo invitaban al pecado. La besó y puso la mano en su cintura, notando el suave tacto del camisón, atreviéndose a apretar un poco más para poder notar la firme piel de esa beldad. Notó que estaba helada, así que la acercó más a su cuerpo con un estirón seco, pero firme, en un deseo irracional de proporcionarle calor.

Audrey no sabía cómo actuar. Quería empujarlo y propinarle la cachetada que se merecía; pero no supo si era por el frío o por un extraño deseo que jamás había sentido, que el calor de Lord Seymour le pareció lo más placentero que había probado jamás. Sus labios eran toscos, pero el movimiento que hacía con ellos sobre los suyos era embriagador. Edwin le causaba una calidez que empezaba a subirle por el bajo vientre haciéndole querer más. Incluso se atrevió a colocar sus finas manos sobre su rudo cuello, pero de golpe Edwin se separó de ella mirándola fijamente a los ojos.

—Si sigo, no pararé... —susurró él esperando la cachetada que se merecía. Le sorprendió ver a una inamovible Audrey mirándolo fijamente, si no fuera por sus labios enrojecidos diría que jamás la había besado, ¿qué le pasaba a esa dichosa mujer? ¿Acaso su beso la había dejado indiferente?

Ella se quedó mirándolo fijamente, lo único que pasaba por su mente inexperta era que: al grandioso Lord Seymour no le había gustado el beso de una niña y por eso se había separado tan rápido. ¿Qué podía saber ella de besos? Seguro que él había conocido a muchas damas. Y seguro que aquello que había sentido ella no lo había sentido él; por eso, no quería demostrarle lo que verdaderamente estaba sintiendo e intentó mostrarse lo más indiferente posible.

Así que sin querer pasar más vergüenza de la que ya tenía, cogió a Tish y se fue dejando a un Edwin más ferviente y desencajado que nunca. Si fuera por él, la habría perseguido y le habría hecho todo aquello que se le puede hacer a una mujer hasta que viera en su semblante excitación y placer. Por esa vez la dejaría escapar y volvería a su habitación tan excitado como salió.

Capítulo 5

La comitiva

A la mañana siguiente, la Duquesa ya lo había dispuesto todo para un fabuloso picnic en el que no faltaría de nada: una larga y numerosa lista de deliciosos tentempiés acompañados por un suculento *roast beef* y galardonados por una tarta de arándanos. Pero no sólo la comida estaba lista, sino que la lista de actividades a realizar tampoco dejaba a nadie indiferente.

—¡Apresúrate, Audrey! —gritó una entusiasmada Bethy, lista para el gran día que les esperaba en el exterior de la mansión.

Verdaderamente Bethy había tenido muy pocas ocasiones para socializar; siempre había estado al cargo de la institutriz y ni siquiera le habían permitido relacionarse en demasía con sus propias hermanas. La idea de poder compartir todo un día con su hermana mayor era para ella toda una dicha. Además, no sólo podría compartir el tiempo con su hermana sino también con el Señor Seymour.

Mientras tanto, Audrey se preparaba a desgana con un sencillo vestido de campo —color salmón— y un recogido adornado con flores. No era que no le hiciese ilusión ir con su hermana Bethy de picnic, pero la sola idea de tener que soportar la presencia de Lord Seymour durante todo el día —no sólo la abrumaba — sino que también la abochornaba. Lo que había pasado la noche anterior había sido un total disparate y rogaba a Dios que ese caballero realmente hiciera honor a su estatus y permaneciera callado.

—Señorita, he terminado con su recogido ¿le gusta cómo le queda? —preguntó la dulce doncella de Audrey, Alice.

—Como siempre Alice, tienes una excelente destreza.

—Gracias. Por un momento pensé que no le había gustado.

—Oh no, no es eso, es sólo que hoy no me puedo concentrar en nada, ¿A usted le parece apuesto Lord Seymour?

—No me corresponde a mí decir tal cosa —dijo Alice con la cabeza baja.

—Pero te lo estoy preguntando —insistió Audrey con una media sonrisa.

—Sí, la verdad es que sí Señorita, es muy apuesto —contestó riendo.

Alice, había sido la doncella de Audrey desde que ésta entró en sociedad. Se había creado entre ellas un vínculo especial con la confianza suficiente como para poder hablar de vez en cuando de los caballeros tal y como harían dos muchachas corrientes en esa edad. Por suerte, su madre nunca había estado presente en esas conversaciones.

—¡Por fin hermanita! ¡Pensaba que no nos iríamos nunca! —exclamó de gozo Elizabeth al ver que Audrey salía de su habitación.

—Pero si aún faltan cinco minutos para la hora en que mamá ha dicho que estuviéramos listas, ¿desde cuándo me estás esperando? —dijo con cariño al ver el entusiasmo de su Beth—. ¡Vamos Tish! Tú también vienes con nosotros.

El pequeño perro salió a galope detrás de las dos damas dispuestas a descender la gran escalinata hacía el recibidor, donde el resto de los invitados también tendrían que acudir.

—¡Lord Talbot! ¡Qué agradable sorpresa verle aquí! —dijo Audrey al ver al Marqués de Salisbury en el recibidor, junto al desagradable de Edwin. La verdad que ambos se conocían desde la niñez por la gran amistad que hubo entre sus respectivos padres, tenían casi la misma edad y se podía decir que habían sido compañeros de juegos. Sin embargo, una vez su padre falleció y Robert heredó el marquesado, apenas lo había vuelto a ver; seguramente, por la gran cantidad de trabajo que debía tener y tenía que admitir que estaba muy cambiado desde la última vez que lo vio; el niño rechoncho había desaparecido para dar paso a un alto y fornido hombre de pelo negro.

—Lady Cavendish, que placer volver a verla —saludó Lord Talbot mientras besaba la mano enguantada de su amiga de la infancia con unos modales un tanto toscos.

Luego la joven miró al culpable de todos los males.

—Lord Seymour —saludó de forma educadamente fría.

—Lady Cavendish —respondió Edwin con la misma indiferente educación.

—Y bien… dígame, Lord Talbot ¿a qué debemos el honor de su visita? Hacía mucho tiempo que no lo veíamos.

—He venido a tratar unos negocios con su padre y cuando me disponía a salir, su madre me ha invitado al picnic; como me he comprado unos juguetes nuevos quería aprovechar la ocasión para probarlos.

—¿Juguetes? Pero no me dirá que aún juega Señor, me deja intrigada— dijo una divertida Audrey.

—Paciencia querida, mi lacayo los traerá en cuanto dispongamos todo; por cierto, no me ha presentado a su amiga —subrayó con la mirada puesta en la joven Elizabeth, la cual había permanecido callada y escuchando tal y como su madre le había enseñado que debía comportarse frente a hombres desconocidos.

—¿Amiga? ¡Pero Robert! ¡Si es mi hermana Elizabeth! ¿No la reconoces? —lo tuteó debido a la familiaridad.

Lord Talbot miró a la pequeña Bethy durante unos segundos y contestó:

—¡Oh! Por supuesto, ¡Bethy! Perdóname, eras tan pequeña la última vez que te vi…—se excusó dando un profundo escrutinio a la joven dama, que ya empezaba a enrojecerse.

—No…no importa... —respondió tartamudeando la joven, con la piel rosada.

—¡Estáis todos aquí! ¡Qué bien! Así podréis salir inmediatamente o no podréis aprovechar el día. La Baronesa de Humpkinton, mi apreciada amiga, os acompañará puesto que un paseo por el campo le vendrá muy bien a sus cataratas. Y por supuesto, la Señorita Worth también irá con vosotros, sería una lástima que una muchacha joven como ella no pudiera disfrutar de un día de sol.

Era evidente que la Duquesa de Devonshire había procurado encontrar carabinas para sus hijas; sin embargo, quedaba mucho más bonito si lo adornaba con unas cuantas justificaciones que, desde luego, podían pasar por alto los caballeros presentes; pero no así su hija mayor, la cual empezaba a lamentar el no haberse provocado una jaqueca que le sirviera de excusa para quedarse en casa.

Quizás la alegría que desprendía la dulce e inocente Bethy era todo lo que le animaba a continuar con ese teatro.

Así fue como todo el grupo empezó a desfilar en dirección al río donde harían el picnic:

La anciana Baronesa de Humpkinton, del brazo de la institutriz mientras ésta última escuchaba todas las quejas de la anciana; delante de ellas, las dos Señoritas hablando y riendo y, liderando el grupo, los dos caballeros hablando de política (como siempre). Sin olvidar, por supuesto, a los dos lacayos de Lord Talbot y las doncellas de las damas, que se encontraban seis pasos por detrás de la comitiva.

Capítulo 6

Un día de pesca

Después de caminar por lo menos media hora y haber escuchado por lo menos unas mil quejas de la Baronesa viuda, decidieron acampar en un claro donde la sombra de un enorme chopo les resguardaría del ardiente sol a pesar de que ninguna de las damas presentes se había olvidado la sombrilla.

—¿Y bien Robert? ¿Cuáles son esos juguetes de los que nos hablaste en casa? —preguntó Audrey con elegancia e intentando enmascarar la emoción que sentía por ver algo nuevo.

El Marqués hizo un gesto a los lacayos para que acercaran las largas cajas de madera que habían estado transportando desde casa.

—Ya las podéis abrir —ordenó. Y sacaron unos palos largos de madera con un hilo que parecía de metal muy largo y enrollado.

—¿Y esto? —preguntó Bethy con curiosidad—. ¿Qué son Lord Talbot?

—¡Son cañas! —exclamó con determinación—. Las traje desde Escocia, donde pasé los dos últimos años en una de las propiedades que heredé de mi padre. Allí aprendí a pescar y por eso traje las cañas, pensando que algún día podría compartir la afición con alguien más.

—¡A pescar! —exclamó indignada la Baronesa viuda mientras se sentaba en un gran cojín y le servían una taza de té—. ¡Pero que pasatiempos tan bajos tienen hoy en día los jóvenes! Perdone que se lo diga Marqués, pero esa actividad no es nada apropiada para un caballero de su rango eso es más propio de los campesinos o los mercaderes.

—Se nota Baronesa que no es usted consciente del gran cambio que estamos viviendo en este siglo, hoy en día los caballeros y las damas no nos dedicamos solamente a holgazanear como lo hacían en sus tiempos, sino que aprendemos y disfrutamos de estas actividades.

—Actividades salvajes dirá usted, no cuente conmigo para tal cosa, yo me quedaré aquí sentada con la Señorita Worth, ¿verdad querida? —inquirió a la pobre institutriz.

—Por descontado Baronesa —respondió sin más remedio la joven.

—¡Yo lo quiero probar! —dijo animadamente Elizabeth.

—Perfecto, ¿y los demás? ¿Lady Cavendish? ¿Lord Seymour?

Audrey miró al Duque por primera vez en toda la mañana y tenía que admitir que se veía de lo más atractivo con el traje de campo: un frac negro con unos pantalones ajustados y botas altas.

—¿Por qué no? Será una experiencia interesante —contestó Edwin.

—Entonces, como sólo hay dos cañas sería descortés por mi parte dejar a mi hermana sola con un instrumento que nunca ha usado así que yo la ayudaré mientras ustedes dos usan la otra —dijo Audrey al ver que sólo había dos cañas y cuatro personas.

—¿No será que se muere de ganas de probarlo y usa esa excusa? —expresó cínicamente Edwin.

—Disculpe señor, ¿cómo dice? No sé qué clase de damas habrá conocido usted que inventan excusas para realizar actividades, pero yo no soy una de ellas, esa es la verdad, voy a participar para ayudar a mi hermana.

—¿Pero usted sabe pescar? —añadió mientras la miraba fijamente queriendo de alguna forma desestabilizarla, retándola a dejar de ser tan perfecta e instándola mostrarse más natural.

Audrey se quedó descolocada, ¿por qué ese desagradable de Lord Seymour siempre tenía que dejarla en evidencia y hacerla dudar? La verdad es que no sabía nada de pesca y la verdad era que sí, que sí que había sido una excusa para hacer algo nuevo sin que la Baronesa viuda la criticara, ¿sería que le estaba dando demasiada importancia a las buenas maneras? No, mamá siempre la había enseñado que una dama nunca expresaba sus sentimientos verdaderos y mucho menos expresaba entusiasmo por instrumentos salvajes. Por suerte, su querido amigo Robert intervino ajeno a la batalla que se estaba dando lugar entre los dos.

—¡Tengo una idea! Para evitar cualquier accidente, ya que a veces las cañas pueden pesar si pica algún pez, yo iré con la pequeña Bethy y usted Lord Seymour acompañará a Lady Cavendish.

—Me parece una idea fabulosa, ¿vamos? —animó Elizabeth

Como el río se encontraba un poquito lejos de donde habían montado el picnic tuvieron que andar durante unos minutos en los que nadie habló excepto Elizabeth, que como alma cándida que era, se dedicaba a comentar la belleza del paisaje.

—Aquí me parece un buen lugar para pescar —dijo de pronto Robert señalando una zona tranquila en medio de los árboles, que daba paso a un camino de piedras, donde ciertamente uno podía lanzar la caña cómodamente.

—¡Sí, genial! Es precioso este lugar —exclamó Bethy.

—A mí me parece que más adelante he visto un entrante del río que puede ser mejor que este —señaló Edwin.

—Bien, ¿qué os parece que hagamos una competición? Ustedes vayan a ese entrante y nosotros nos quedaremos aquí y el que pesque más peces gana —dijo un divertido Robert.

—Acepto.

—¿Perdone? Yo no quiero participar en tan ridícula competición —apresuró a decir Audrey temiendo quedarse a solas con ese impresentable.

—¡Vamos hermanita! ¡Será divertido! ¡Anímate!

Como siempre, por el amor a sus hermanas accedió a cometer una de esas locuras que amenazaban en terminar en desastre, como hermana mayor debería de imponer disciplina pero eran tantas pocas ocasiones en las que podían disfrutar juntas sin que la mano opresora de mamá estuviera presente…

—De acuerdo, hagámoslo, vayamos a ese entrante del río que ha visto Lord Seymour.

Mientras Robert Talbot y Elizabeth empezaban a pescar muy animadamente, quizás demasiado animadamente, Audrey y Edwin se dirigieron a ese entrante del río en el que según Edwin pescarían más.

Como dama educada, Audrey se mantuvo en silencio hasta llegar al destino y una vez allí se sentó en un rincón mientras observaba a ese indeseable empezar a pescar como todo un experto.

Observó que el lugar era el más apartado que podía haber en la residencia, los árboles tapaban completamente esa zona, se podía decir que estaban completamente a solas ni siquiera se oían las risas de Elizabeth ni las quejas de la Baronesa.

—¿Quiere aprender Lady Cavendish? —dijo Edwin con cierto tono de sorna.

—¿Qué me puede enseñar? Ya ha dicho que para usted también era una novedad.

—Disculpe querida, pero yo nunca dije eso.

—Discúlpeme usted, pero cuando Lord Talbot le preguntó si quería participar respondió que sería una experiencia interesante como si nunca lo hubiera hecho antes.

—Es cierto, nunca he pescado en este río en compañía de una dama.

—Entonces es usted un mentiroso.

—Yo nunca dije que no sabía.

Otra vez la había dejado desencajada, la verdad es que se desenvolvía muy bien con la caña y era cierto que nunca dijo que no sabía. Ese hombre jugaba con las palabras, distaba mucho de ser un caballero honesto.

—¿Entonces por qué no le comentó a Lord Talbot que sabía usar eso?

—He decidido hacerle pensar que va a aganar. Por cierto, ¿de qué se conocen usted y Lord Talbot?

—Somos amigos desde la infancia.

—Ah, por eso se tutean como si fueran hermanos o…. prometidos.

—La relación que tengamos Robert y yo no es de su incumbencia señor.

De pronto Edwin se puso serio mirando hacía dentro del río. ¿Se habrá enfadado? Pensó Audrey.

Empezó a darle vueltas a la manivela y con mucha concentración empezó a tirar de ella. Audrey se levantó un poco asustada y se acercó.

— ¿Le pasa algo? ¿Por qué está haciendo eso?

—Chsss, quédese un segundo callada.

—¡Pero será descarado! —se calló al ver que Edwin sacaba a un maravilloso pez del agua.

—Lo ve Señorita ya tenemos a uno. Voy a darle una lección a ese amigo suyo.

Pero Audrey se mantuvo en silencio, observando al pobre pez atado al anzuelo y de pronto le entraron ganas de llorar.

— Pero ¿qué le pasa ahora? —preguntó Edwin que esperaba un elogio por parte de la dama después de semejante hazaña.

—Me da pena el pez —dijo entre lágrimas—, tan atado y sin poder moverse, está sufriendo Lord Seymour.

Edwin miró al pez y miró a la dama sin saber qué hacer, él quería ganar la competición y si devolvía el pez al agua, obviamente no iba a poder hacerlo.

—De acuerdo Señorita, yo devuelvo el pez al agua con una condición.

—¿Cuál?

—Que cuando lo devuelva, usted me dejará enseñarle a pescar, pero sin anzuelo, para que no podamos hacer daño a ninguno de estos peces que le resultan tan queridos —respondió con sorna.

Se lo pensó durante unos instante pero liberar a ese pobre animal sufriendo era prioritario.

Edwin devolvió el pez al agua con tiento y después con un posado orgulloso y triunfal estiró la caña e hizo una señal a Audrey para que se acercara, ésta se acercó con un poco de reparo y lamentándose por su decisión.

—Muy bien, Señorita —dijo una vez estuvo a dos pasos de él—, acérquese un poco más para poder coger la caña —le hizo caso—. Ahora ponga la mano derecha aquí abajo —le dijo susurrando en el oído—, y la mano izquierda un poco más arriba.

Todas las indicaciones eran susurradas en el oído de Audrey por parte del teniente mientras ésta intentaba permanecer lo más indiferente posible, a pesar de que por dentro empezaba a despertarse ese hormigueo en el bajo vientre.

—¿Pero por qué no habla usted en un tono de voz normal Lord Seymour? —dijo en voz baja Audrey

—¿Usted no sabe que los peces se asustan con la voz de los humanos? Por eso es necesario que le hable así.

Audrey no sabía que pensar, pero no lo quiso contradecir por no quedar como una completa analfabeta en cuanto a biología, al fin y al cabo, ¿qué sabía ella? Lo único que podía hacer era aparentar que esos susurros no le afectaban lo más mínimo.

—No se está colocando bien, tiene el cuerpo demasiado recto, tiene que relajarse y poner la cintura así —la cogió por la cintura y la ladeó un poco al mismo tiempo que la pegaba a su cuerpo.

Audrey sentía todo el calor de ese varón en su espalda, sus manos en su cintura y por si fuera poco su aliento en la nuca. Y con voz muy baja consiguió decir:

—Lord Seymour no me siento bien, creo que estoy padeciendo de alguna extraña afección.

—Lo que usted está padeciendo no se podría considerar afección —contestó y ejerció más presión en sus caderas con las manos.

Edwin empezó a mover sus robustas manos en dirección a las ingles. A Audrey le asustó ese contacto tan cercano, pero al mismo tiempo le causaba una nueva sensación tan placentera que, aunque sabía que eso no estaba bien, algo le empujaba a estarse ahí quieta e inmóvil aparentando normalidad mientras las manos del futuro Duque cada vez se acercaban más a su centro, hasta el punto de llegar a él.

Y después Señorita Cavendish, para coger al pez hay que ponerse de rodillas y dejar la caña al lado —explicó suavemente el caballero.

Obedeció, se dispuso a ponerse de rodillas y a dejar la caña mientras que el cuerpo del teniente se mantenía pegado tras de ella en todo momento ayudándola a arrodillarse.

—Se me va a ensuciar el vestido.

—No te preocupes, ahora concéntrate con la clase —respondió una vez los dos arrodillados y con la caña al suelo.

La mano del caballero se adentró en la inmensa falda y subió lentamente como si quisiera torturarla. Audrey apenas podía respirar, cada vez su respiración se volvía más agitada y notaba como un calor se apoderaba de su cuerpo, de seguro sus mejillas estaban enrojecidas.

—Por fin, aquí estás Audrey, quiero ver más de ti —y se adentró en las enaguas para posar sus dos dedos en su interior. Su preciosa luna estaba entre sus brazos tal y como había soñado que pasaría.

—¡Hermana! ¿Dónde estáis? Nosotros hemos pescado dos peces bien grandes.

Ambos se despegaron de inmediato y se recompusieron lo más rápido posible tratando de equilibrar sus respiraciones.

—¡Aquí Bethy! ¡Nosotros no tuvimos tanta suerte! Al parecer ni Lord Seymour ni yo sabemos nada de pesca —explicó saliendo del lugar para encontrarse con su hermana y Lord Talbot.

—Lo ve Lord Seymour: le dije que ese claro en el río era mejor que el entrante en el que usted ha ido. He ganado.

—Todo depende del punto de vista desde el que se mire —respondió ambiguamente mientras se estiraba las solapas del frac—, ahora si me disculpan tengo hambre —y sin más empezó a andar sin esperar a nadie bajo la mirada de desconcierto de los presentes.

Capítulo 7

Una mujer

Después de una comida rápida en el picnic todos decidieron volver a la mansión para poder tomar un merecido baño y descansar para la cena. Una cena que, conociendo a la Duquesa de Devonshire, no dejaría indiferente a nadie. Cuando habían invitados en casa mamá no reparaba en gastos y se podría decir que rozaba la extravagancia. Cosa que Audrey detestaba.

No era que Audrey detestara a su madre, al final de cuentas, era su madre. Pero su rigidez para con ella y sus hermanas había mitigado mucho el afecto que una hija podía sentir por su madre. Sabía que había nacido en un lugar privilegiado como hija mayor de un Duque acaudalado, pero hasta un palacio podía convertirse en una cárcel. Nunca pudo relacionarse con otros niños, salir a jugar, leer cuentos populares… Incluso a para bajar las escaleras tenía que ir de la mano de un adulto hasta que cumplió los catorce años.

—¡Pero mírate que vestido llevas! Eso no es digno de una dama, ¿cómo has podido mancharte todo el bajo de barro? —reprendió la Duquesa al ver como llegaba su hija de desaliñada.

Audrey la miró con frialdad y asintió con un movimiento firme de cabeza, iba a responderla, pero alguien se adelantó.

—Perdone mi intromisión Duquesa, Lady Cavendish ha resbalado con el barro del río y ha sido una suerte que no tengamos que lamentar algo más que un vestido manchado —explicó Edwin con una voz tan firme y una mirada tan severa, que no dieron lugar a ninguna réplica por parte de nadie en la sala, ni siquiera de la dueña de la misma.

—De…de acuerdo...por lo menos sube a bañarte Audrey, los demás también id a tomar un baño y a descansar. He organizado una gran cena para nuestros invitados.

—La verdad es que yo tenía pensado irme ya, tengo uno asuntos importantes...—empezó Robert Talbot.

—Oh no, no admitiré una negativa por su parte joven Talbot, está más que comprometido a asistir a la cena que he preparado para usted y Lord Seymour; estoy segura de que esos asuntos pueden esperar —removió su melena dorada, abandonando el lugar con un andar pomposo.

Audrey subió enfurecida a la habitación y despidió a Alicia, no quería ver a nadie. Estaba enfurecida consigo misma por haber perdido el control en el río, con mamá que siempre tenía que controlarlo todo; pero, sobre todo, estaba enfurecida con el indeseable de Edwin. ¿Acaso pensaba que era una niña a la que tenía que defender? No era que no agradeciera su gesto, pero ¿por qué todos pensaban que podían hablar por ella? Era una mujer, pero no era súbdita ni esclava de nadie más que de Dios.

Estaba harta de acatar órdenes. No obstante, cuando recordaba lo que había pasado en el río aún se irritaba más. ¿Cómo había podido dejar hacerse eso? Si ese cínico decidía contarlo en algún momento o, peor aún, reclamar su mano... También sería probable que sólo quisiera aprovecharse y reírse de ella... la cabeza le iba a explotar. A partir de ese momento, no iba a dejar que nadie hablara por ella y mucho menos que le dieran órdenes. Seguro que Lord Seymour pensaba que ya la tenía comiendo de su mano pero le iba a demostrar que Audrey Cavendish nunca sería propiedad de un hombre.

Decidió entrar en la tina de agua caliente y luego descansar un poco. Esa noche se arreglaría y bajaría a la cena como si no hubiera pasado nada, con la cabeza bien alta tal y como le había enseñado su padre que tenía que hacer: nunca bajar la cabeza ante nada ni nadie. Otra muchacha en su lugar estaría tiritando de miedo o vergüenza por lo que pudiera suceder después de ese indecoroso acto pero ella no, ella no era así.

Estaba harta de esos vestidos para muchachas casaderas, estaba harta de los colores pastel y las líneas rectas, esa noche iba a demostrar quién era ella e iba a dejar claro a Lord Seymour que ella no era una mercancía para nadie, por si acaso lo había llegado a pensar.

Cogió el vestido que una de sus amigas ya casadas le regaló y se lo puso sin ayuda. Era un precioso vestido azul marino con cuello recto y falda voluminosa con encaje repartido por toda la tela. El vestido marcaba muy bien su cintura y sus caderas se veían mucho más anchas con la ayuda de la crinolina. Era un vestido atrevido, muy atrevido para una joven soltera, pero no le importaba, quería dejar de ser una joven casadera y ser una mujer, simplemente. A las nueve Alicia tocó la puerta para empezar a prepararla para la cena, pero la sorpresa de la doncella fue encontrarse con su Señora ya vestida; lo único que le faltaba era el peinado. Alicia decidió no cuestionar la elección de Audrey en cuanto a vestimenta y se limitó a peinarla como le indicó.

A las diez en punto, la hora en la que empezaba la cena, Audrey descendía por las escaleras prescindiendo del pasamanos y se dispuso a entrar al gran comedor. Cuando entró, todos los presentes enmudecieron al verla. Tan sólo su madre iba a decir algo, pero su padre se adelantó:

—Estás más bella que nunca hija mía —se acercó para coger su brazo y acompañarla a la mesa. Le tocó delante de Edwin, como no podía ser de otra forma, pero se limitó a saludarlo como si no lo conociera de nada. Luego giró la cabeza y entabló una agradable conversación con Lord Talbot, quien estaba sentado a su lado.

Aunque Edwin intentaba concentrar su atención en la conversación que mantenía con Anthon, sólo tenía ojos para admirar la belleza de Audrey, se veía preciosa con ese vestido. Pero ¿a qué se debería ese cambio en una muchacha casadera como ella? ¿Y qué hacía hablando tanto tiempo con ese pretencioso de Lord Talbot? Cada vez que la veía sonreír por algún comentario —sin gracia— de ese mequetrefe sentía arder su interior. Audrey era suya, y se lo había demostrado en el río, ¿a qué jugaba ahora? Además, por si fuera poco, todos los intentos de entablar una conversación con ella parecían rechazados con contestaciones monosílabas o evasivas.

Una vez terminada la cena todos los presentes se levantaron en dirección a la sala bronce, llamada así por su decoración en tonos dorados.

— Querida, ¿por qué no tocas el piano para nuestros invitados? — sugirió su madre, una vez en la sala.

En otra ocasión la hubiera obedecido, pero esa noche no, esa noche ella iba a ser una mujer y no una concubina.

—No madre, le agradezco la invitación, pero la verdad es que prefiero jugar a cartas con Lord Talbot, ¿por qué no toca usted? Todos sabemos de sus grandes dotes para la música —contrapuso como lo hubiera hecho una reina.

Su madre descolocada hizo una mueca y se acercó a su hija hasta el punto de que nadie pudiera escuchar lo que le iba a decir:

—No sé qué te habrás pensado Audrey Cavendish, pero la Señora de esta casa sigo siendo yo, y no querrás desagradarme dos veces la misma noche; primero, con este vestido y ahora, con tu actitud repelente —dijo dándole un tirón a la tela del vestido queriendo recolocar una arruga inexistente.

Audrey la miró de forma indiferente y se apartó de ella tres pasos sin perder el contacto visual:

—Mamá se me ha acercado para preguntarme si una obra de Chopen sería adecuada para este momento, ¿Usted qué opina Lord Talbot? —preguntó con dignidad y firmeza, ignorando por completo las amenazas de su progenitora.

—Me parece una idea perfecta Duquesa —como buen caballero, ofreció su brazo para acompañarla hasta el piano. Por supuesto, Elizabeth no pudo negarse ante la invitación del Marqués pero no olvidaría esa afrenta; su hija se merecía una reprimenda y la iba a tener.

"Bien", una batalla ganada; ahora me falta el detestable de Lord Seymour", pensó Audrey. Aprovechó que toda la atención de su padre y de Lord Talbot estaban puestas en las notas musicales de su madre para acercarse a Edwin; quien se encontraba con un humor de perros sentado en una mesa apartada y bebiendo el que sería su segundo vaso de coñac.

—Lord Seymour —nombró Audrey con la mirada más gélida que pudo sacar de su interior.

—Lady Cavendish —repuso él con un movimiento de cabeza invitándola a sentar.

—No deseo sentarme sólo quiero informarle que, como habrá podido notar por mi falta de interés hacía usted durante toda la cena, no estoy interesada en que ningún hombre me pida la mano. Sé que lo que ha pasado en el río ha sido un error, pero le agradecería...

—Sí, Lady Cavendish, me agradecería enormemente mi discreción. Justamente lo mismo que me dijo la noche en cuando su amado Tish se extravió, no puede negar que se muere de ganas de que la vuelva a besar e incluso a tocar —la miró significativamente, sarcástico.

Audrey miró a su alrededor por si alguien lo hubiera podido escuchar, pero por suerte la melodía del piano la había protegido.

—Creo, Señor. Que está usted borracho y no piensa lo que dice. Yo no deseo nada de usted, y le informo que no me quiero casar.

— ¿Casarse? Me importa muy poco su futuro, si se casa o no, o si se casa con ese de ahí —dijo señalando a Robert con desprecio—. Yo tampoco tengo intención de casarme con una Lady Remilgada —removió su copa de coñac vacilante—, lo único que quería era ver esa cara de estirada retorciéndose entre mis manos.

—¿Lady Remilgada? Se está sobre pasando en sus palabras y me parece muy poco caballeroso que sólo hiciera esas cosas por placer y no tuviera ninguna intención de casarse, yo soy una mujer respetable...

—Cht, Cht—interfirió el teniente dando su último trago—, Lady Cavendish es usted una mujer, o mejor dicho, una niña respetable pero yo no soy un caballero —con estas palabras se levantó y salió de la sala sin despedirse de nadie.

Audrey se quedó sentada meditando si ese hombre hablaría o no de lo ocurrido; pero de lo que estaba segura era, que por lo menos, no le pediría la mano. Eso era un gran alivio y más ahora que sabía que era un aprovechado. ¿Lady Remilgada? ¿Quién se creía que era? Desde luego nunca más le volvería a dirigir la palabra, y en cuanto a su castidad, le rogaba a Dios que nunca saliera a la luz su desliz.

Capítulo 8

Giro de acontecimientos

A la mañana siguiente, Audrey se levantó con los primeros rayos de sol— tal y como solía hacer— y bajó a desayunar con el único miembro de la familia que siempre estaba presente a esa hora.

—Buenos días, papá —saludó dándole un beso en la mejilla.

La verdad era que se sentía tranquila, algo en su interior le decía que, por suerte, nadie se iba a enterar de lo que pasó y podría seguir con su vida habitual. Además, estaba feliz porque era el último día en el que Edwin estaría en casa, al día siguiente por fin se iría y todo lo ocurrido quedaría simplemente como un recuerdo borroso. No podía negar haber sentido una ligera punzada de dolor cuando ese cínico le espetó que sólo la había utilizado, pero en ese momento, lo único que le importaba era seguir siendo Audrey Cavendish y no "la mujer de".

De pronto toda la calma se disipó cuando Lord Seymour entró en la sala dispuesto a desayunar, por lo visto, él tampoco era hombre de holgazanear y se levantaba con el alba para trabajar. No le gustaba quedarse hasta tarde en la cama, lo consideraba una pérdida de tiempo.

—Buenos días, Lord Cavendish —intervino con una voz grave—, Lady Cavendish —se limitó a decir sin ni siquiera mirarla.

No la quería mirar, la noche anterior había podido comprobar qué clase de mujer era: fría y calculadora. No le importaba nada salvo ella misma, todos sus intentos por acercarse a ella habían sido inútiles, todo parecía molestarle salvo Lord Talbot; por eso, decidió quedarse apartado con su copa de coñac, pero cuando la vio acercarse hacía él para pedirle que olvidara lo sucedido... No, nadie se reía de él y mucho menos una niña. Así que cogió un panecillo y empezó a comer sin entablar conversación, en silencio.

—El nuevo primer ministro está buscando nuevas damas de compañía para la Reina, con el cambio de poder ya sabe que es necesario que alrededor de la Corona haya presencia del partido conservador —inició la conversación Anthon.

—Cierto, según la Constitución, el nuevo primer ministro tiene el poder de reclamar a la Reina que cambie su compañía y elija unas damas acordes al nuevo gobierno formado.

—Como miembro del partido conservador he recibido una carta de Lord

Peel solicitando la presencia de mi esposa, la Duquesa de Cavendish, en Palacio. La Reina ha decidido que sea su nueva dama de vestuario durante los dos meses siguientes y, por supuesto, deberé acompañarla. Como comprenderá Lord Seymour sería muy descortés que mi esposa viajara sola hasta palacio, por ese motivo deberé ausentarme durante una semana de Chatsworth House, que es lo que durará el viaje de ida y de vuelta.

—Magnífica decisión, cuando se trata de asuntos de Palacio es mejor atenderlos de inmediato. No sería conveniente ofender a nuestra Alteza.

Audrey ya estaba dando saltos de alegría en su interior con sólo imaginar que podría estar durante dos meses sin el yugo de su madre y ser la nueva regidora de Chatsworth House.

—El único inconveniente es que como sabrá no tengo hijos varones y en situaciones como ésta, en las que he de ausentarme, no tengo un protector para mis más valiosas joyas que, por supuesto, son mis hijas. De la propiedad y los negocios se encargará mi capataz, pero no puedo confiar la protección de las damas a alguien que no sea de noble linaje. Es por eso, Lord Seymour, que basándome en la intachable reputación que tiene usted y todo el linaje del Ducado de Somerset, le tengo que pedir que se quede en esta residencia al cuidado de mis hijas hasta que yo vuelva. Ya he llamado a mi abogado y vendrá más tarde para firmar el acuerdo en el que será usted el tutor de mis cinco hijas hasta que yo vuelva de Palacio. Espero que comprenda el asunto, y he de agradecer a Dios que estuviera entre nosotros en estos momentos. Me he tomado la libertad de avisar a su padre, el actual Duque de Somerset, de la tarea que le encomiendo y estoy seguro de que lo comprenderá.

—Con el mayor de los respetos Señor, pero mi padre se encuentra enfermo y el único que puede hacerse cargo del Ducado soy yo, aunque no ostente dicho título aún. Es por eso por lo que no acostumbro a ausentarme de Somerset a no ser que sea para servir a mi país en el campo de batalla. Déjeme sugerirle que Lord Talbot ocupe mi lugar en esta ocasión, y será un honor servirle de ayuda en cualquier otro asunto en el futuro.

—Entiendo, sin embargo, me preocupa la edad del joven Talbot; aún no ha cumplido los veinticinco mientras que usted ya pasa de los treinta. Mandaré a un hombre de mi confianza a Somerset para que realice las funciones de capataz mientras usted esté aquí; cualquier asunto de importancia mi hombre se lo hará saber y será cómo si organizara su Ducado desde aquí.

Audrey no se lo podía creer, ni en la peor de sus pesadillas podría haber presenciado tal situación. Que su propio padre pensara que necesitaba de la protección de un desconocido en su ausencia, como si fuera un pobre cervatillo asustado, era vergonzoso. Así que se estiró lo más que pudo y alzó la barbilla.

—Querido papá, agradezco mucho vuestra preocupación por nosotras, pero ha de saber que yo podría ejercer de tutora de mis hermanas, yo mejor que nadie sé del funcionamiento de este Ducado y no creo que haya persona más capaz para ocuparse de mis hermanas que yo misma —explicó altiva.

—Por supuesto querida hija, en la ausencia de tu madre tu ocuparás su lugar, anunciaré a la jefa de cámara que cualquier cuestión relacionada con el servicio o el cuidado de tus hermanas te lo pregunte a ti, pero has de entender que hace falta un varón para protegeros frente cualquier situación. Y no veo mejor opción, ahora mismo, que el teniente Seymour. Además, ahora están habiendo insurrecciones por parte de un grupo llamado cartistas, que están exigiendo que el hombre llano pueda votar, y no voy a dejaros solas bajo ningún concepto, ¿puedo contar con usted Señor Seymour?

No le apetecía nada quedarse en esa casa al cuidado de cinco mocosas, si no hubiera Su Majestad la Reina de por medio rechazaría al instante, pero sería una mancha para su Ducado que la corona se enterara de que el futuro heredero de Somerset no hacía todo lo posible para su Alteza la Reina Victoria. Las damas de compañía de la Reina no eran un tema sin importancia, puesto que las mujeres que estaban en el Palacio de Buckingham representaban al país; aunque sólo fuera para acompañar a la monarca.

—Será un honor servir a mi país —dicho esto se levantó y salió de la sala con ese andar tan despreocupado que le caracterizaba.

Audrey iba a explotar de impotencia, quedarse al cuidado de ese patán que se había aprovechado de ella la enervaba, si realmente el mundo supiera que el futuro Duque de Somerset no era más que un cínico. No se iba a quedar callada, no señor.

—Papá —dijo controlando su ira, no quería enfadarse con su querido padre, el único apoyo incondicional que de verdad había tenido a lo largo de su vida; aunque no le pudiera proporcionar el lugar que necesitaba, siempre la había animado a ser ella misma.

—Dime hija —repuso mirándola con amor y un deje de tristeza por ver a su hija tan infeliz.

—¿Por qué yo no puedo heredar tu Ducado? ¿Por qué yo no puedo hacerme cargo de tus propiedades? ¿Por qué necesitas la ayuda de un cínico como Lord Seymour?

—Hija, ojalá pudiera darte el lugar que tanto deseas, pero la ley no permite que te deje en herencia mi Ducado, aunque sé que lo harías de maravilla. Lord Seymour sólo será vuestro tutor durante estos siete días. Y en cuanto a lo que es un cínico, querida, no creas que a este viejo le pasa algo por desapercibido yo sé muy bien qué clase de hombre es Edwin Seymour. Pero también sé que por cumplir su deber es capaz de arriesgar su vida, y eso me basta para dejarlo al cuidado de vosotras. Sé que no incumplirá su obligación de protegeros. Son momentos complicados, el otro día un revolucionario intentó matar a la Reina en su paseo habitual. Nosotros estamos emparentados con la realeza y aunque Chatsworth House es segura, no puedo dejaros sin un noble que vele por vuestra seguridad e intereses.

—Pero papá, ¿y si te pasara algo? ¿Quién heredaría tu Ducado? ¿Bajo qué tutor nos quedaríamos?

—Siempre tan responsable y elocuente, eres digna hija de tu padre. Tranquila, lo tengo todo en orden por si algún día me pasara algo. ¿Pero no querrás que le pase algo a tu padre verdad?

— ¡Papá! ¡Qué tonterías dices! Eres el único hombre al que amo y lo sabes —

exclamó con lágrimas en los ojos mientras se levantaba a abrazarlo—, eres la única persona que de verdad conoce quién soy, si me faltaras sería el fin de mis días.

Pero los momentos de dicha en Chatsworth House duraban poco con Elizabeth presente. La Duquesa irrumpió en la sala enjoyada hasta el dedo pequeño y con un sombrero de plumas que más bien parecía un pavo entero durmiendo encima de su cabeza.

—Buenos días esposo mío, veo que has cogido todo el afecto de nuestra hija para ti sólo y no has dejado nada para mí —dijo al ver como su fría y distante hija abrazaba a Anthon.

—Señor, el abogado ha llegado —irrumpió el mayordomo.

—Excelente, avise al teniente Seymour —ordenó dando un beso en la frente de su hija y saliendo del comedor.

Audrey se dispuso a abandonar la sala, ya no había nada en ella que le interesara.

—Audrey Cavendish, siéntate, tenemos muchas cosas de las que hablar— imperó su madre.

Audrey se sentó, pero no en su lugar, sino en el lugar de su padre; en el lugar que le correspondía al Duque de Devonshire.

—¿De qué tenemos que hablar madre? Le diré algo, no crea que no he visto como me ha tratado desde niña. No crea que no he visto como ha tratado a mis hermanas. Nos odia por no ser varones, nos odia por no ser lo que vos quería que fuéramos. Siempre haciéndonos creer que somos inútiles, inválidas, que sólo serviríamos para casarnos. Hubo un tiempo en el que odié ser una mujer por vuestra culpa. Cada vez que se lamentaba con la Baronesa viuda de tener sólo hijas, cada vez que hablaba de nosotras como ganado al que vender. No he nacido hombre madre, pero no soy su súbdita ni la súbdita de nadie. Y algún día yo seré la dueña de este Ducado, y le demostraré que su hija, a la que tanto ha odiado por no ser lo que deseaba, es mucho más que una simple dama de compañía. Mírese lo ridícula que se ve con ese atuendo, la Reina sólo la ha nombrado dama de vestuario por cuestiones políticas no hace falta que demuestre que sabe algo de moda. Es usted ignorante en todos los aspectos. ¿Piensa que no he notado sus intentos de asegurarse su puesto? Siempre buscando maridos para nosotras que pudieran ser benevolentes con usted una vez papá muriera. ¿Por qué donde irá usted cuándo papá muera? Usted no será más que la Duquesa viuda de un Ducado que pasará a manos de un primo lejano.

Una dura bofetada cayó sobre el rostro de Audrey la cuál ni se inmutó, aunque su piel empezó a enrojecerse.

—Lo que voy a decirte va a alegrarte el día mi querida hija —empezó mientras se recolocaba el guante en la mano con la que acababa de pegarla—, he encontrado el esposo perfecto para ti, y aprovecharé mi estadía en el palacio de Buckingham para influenciar en la Reina para que no vea mejor unión que la que yo he encontrado para ti, y, obviamente, para mí. Ya que como tú dices, he de asegurarme el futuro una vez mi querido Anthon fallezca.

Audrey no se lo podía creer, así que era cierto que su madre era una víbora, por mucho que le doliera admitirlo. Siempre había sospechado que la odiaba, pero ahora se lo estaba confirmando.

—¿Y de quién se trata? —preguntó la casadera con voz firme.

—De Su Alteza Serena, el hermano mayor del príncipe Alberto, alégrate querida serás princesa y algún día Reina consorte de Coburgo. Ya he movido algunos hilos para hacer llegar tu retrato a Ernesto y estoy segura de que la Reina Victoria verá con muy buenos ojos que su cuñado se case con una dama de la alta nobleza inglesa. Así todo queda en casa, en sentido figurado claro, porqué una vez te cases tendrás que ir a vivir a Coburgo que, cómo sabes, se encuentra en el continente europeo. Y, por supuesto, yo, como madre de una Reina tendré el favor de la monarquía hasta el día de mi muerte. Calculo que en seis meses ya estarás en Alemania, así que si quieres puedes ir preparando el equipaje —y dicho esto, salió del comedor con un porte triunfal, dejando a Audrey sentada en el sitio de su padre.

—Por encima de mi cadáver, mamá, por encima de mi cadáver —susurró mientras aguantaba las lágrimas y se aferraba a la silla de su padre con tesón.

Capítulo 9

Orgullo

Todo estaba listo para que los Duques emprendieran el viaje hacia el palacio de Buckingham: el cuantioso equipaje de la Duquesa ya había sido cargado en el carruaje oficial de los Devonshire mientras los lacayos aguardaban a sus Señores en el patio principal. Por supuesto, el Duque ya había firmado el acta notarial donde dejaba a Lord Seymour como tutor de sus hijas hasta su regreso, así como había dado la orden a la jefa de cámara, de preguntar a su primogénita todo lo relacionado con el servicio o la educación de sus hermanas menores.

Audrey aún sentía el resquemor de las palabras de su madre en el estómago, pero como en breves minutos su padre partiría hacía al palacio de Buckingham, no quería que lo último que viera era a su hija disgustada; por ese motivo, decidió callarse lo acontecido en el desayuno y sacar la mejor sonrisa que le era posible. Además, no quería preocupar a sus cuatro hermanas menores que ya de por sí se veían bastante apenadas ante la marcha de sus progenitores o, mejor dicho, progenitor. Ya habría tiempo para hablar del tema.

Las cinco jóvenes damas esperaban a sus padres en el recibidor para despedirlos como cualquier hija cariñosa lo haría, a decir verdad, nunca se había separado debido a que su padre siempre había sido un hombre hogareño y ausente sólo cuando la cámara de los Lores lo reclamaba. Sabían que la separación sólo era para una semana, pero despedirse de su figura paterna se les hacía difícil.

Hacían un quinteto bien particular: Audrey con el pelo negro y la tez clara era la dama modélica, nunca tartamudeaba ni hablaba más alto de lo adecuado, su andar era recto y disciplinado mientras su carácter era equilibrado, pero con un deje de soberbia además de ser en muchas ocasiones autoritaria y tenaz; Elizabeth con sus tirabuzones dorados, sólo se llevaba dos años con la mayor pero distaban mucho la una de la otra, Bethy era todo dulzura e ingenuidad, era fácil de manipular pero su corazón y su bondad sobrepasaban los límites; Karen y Georgiana eran las mellizas de la familia, pero no habían podido ser más diferentes la una de la otra, mientras Karen tenía una larga caballera castaña y ojos marrones, Georgiana era pelirroja y muy desarrollada por tener tan sólo catorce años, en cuánto a carácter las dos eran unos remolinos y rebeldes, pero Karen era la más revolucionaria de las dos. Y, por último, la pequeña Liza, que era toda alegría y amor, pero en ocasiones desprendía un deje de melancolía y se ponía enferma con facilidad, se podría decir que era la más frágil de las cinco y no sólo por su edad.

De pronto, se escucharon unos pasos decididos bajando por la gran escalinata y todas las damas inclinaron el rostro para ver si se trataba de sus padres, a pesar de su expectación se encontraron con un Lord Talbot dispuesto a abandonar Chatsworth House.

—Señoritas, debo despedirme también, tengo asuntos que atender en Wiltshire —dijo mientras besaba la mano de Audrey.

—Qué pena que tenga que irse tan pronto Robert y más en estos momentos en los que quedaremos casi desamparadas —respondió Audrey con un tono dramático y eludiendo que Lord Seymour se quedaba con ellas, adrede.

—Amiga, no te tenía por una dama dramática, es tan sólo una semana lo que el Duque estará ausente y me consta que quedaréis a cargo del noble Seymour —dijo mirándola a los ojos como si supiera más de lo que debería. ¿Habría notado algo de lo sucedido entre ellos? Pero no había tiempo de descubrirlo porqué dicho esto, el caballero dirigió su atención hacía Bethy y añadió:

—Ha sido un placer volver a verla Lady Elizabeth, espero poder disfrutar de su compañía en el futuro —las mejillas de Bethy se ruborizaron y casi tartamudeando respondió:

—Es.pe.peramos verle pronto Lord Talbot...

Y con esa promesa de futuro Robert Talbot, Marqués de Salisbury, partió con su andar confiado y su melena al viento. Era un caballero inglés, pero muchos dirían que sus largas estancias en Escocia lo habían marcado demasiado; aunque sus modales eran impolutos, su vestimenta y sus aficiones eran un tanto...adustas e innovadoras.

Otros pasos se escucharon descender por la gran escalinata y esta vez sí que eran los tan esperados padres. El Duque iba con un sencillo pero elegante frac negro, mientras que la Duquesa iba de la misma guisa que en el desayuno.

—¡Hijas mías! —exclamó orgulloso Lord Cavendish al ver a sus hijas, y abriendo los brazos tanto como podía abarcó a sus cinco joyas en su regazo. Todas sin excepción se abrazaron a él y le dedicaron palabras cariñosas.

Mientras tanto, la Duquesa se acomodó el sombrero en el espejo pero cuando notó la mirada de sus cuatro hijas —porqué Audrey no la miró— sobre ella, esperando algún gesto afectuoso por parte de una madre que estaría fuera por dos meses se limitó a decir:

—Queridas, portaros adecuadamente durante mi ausencia —se giró y se dirigió a la puerta donde el mozo la ayudó a bajar la escalinata y se enfundó en el carruaje sin mirar atrás.

Las cuatro menores se quedaron inmóviles en el recibidor sin saber qué decir o cómo actuar, pero el padre, que aún no había dado un paso lejos de ellas; dedicó unos instantes a cada una de ellas antes de emprender el viaje:

—Pequeña mía, haz caso de Audrey durante estos días, y sobre todo abrígate bien, no quiero ver a mi Liza enferma cuando vuelva —dijo mientras daba un toque afectuoso a la cabeza de la niña.

—Karen, Georgiana, no revolucionéis demasiado la casa —añadió mientras abrazaba a las dos a la vez.

—Elizabeth, mi dulce Bethy, ya sabes lo que te quiere papá —le acarició la mejilla.

Y llegando a Audrey, la miró con ternura y ultimó:

—Querida hija, sé que cuidarás de la casa y de tus hermanas mejor que yo mismo, nos vemos pronto. Por cierto, me han dicho que la temporada empieza en breve, he encargado unos vestidos para ti y te llegaran a mediados de esta semana.

¿La temporada? ¿Entonces papá no sabía nada de los planes de mamá? Era evidente que no, pero para no alargar más la situación, se esperaría a que volviera para poder hablar del tema; seguro que cuando lo supiera impediría tal barbaridad. Ella casada con un coburgo, por mucho príncipe y cuñado de la Reina que fuera, nunca abandonaría Inglaterra para ir a vivir en Alemania y convertirse en el títere de un rey. Ella seria dueña de su casa, del legado de su padre. Pero no era el momento de hablar eso, así que decidió despedirse de su padre como si no tuviera a una piraña devorándole el alma.

Una vez el carruaje ya no se podía divisar desde el patio central, las muchachas decidieron entrar en la residencia. Eran las diez en punto de la mañana y las cuatro más pequeñas tenían que empezar las clases con la institutriz, mientras que Elizabeth había quedado con la Baronesa viuda para tejer en el salón dorado.

La Baronesa viuda de Humpkinton pasaba largas temporadas en Chatsworth House por invitación expresa de la Duquesa de Devonshire, y aunque no era del agrado del resto de familiares, era cierto que a veces venía bien tenerla cerca, sobre todo para Elizabeth. Por alguna razón, a Elizabeth le gustaba compartir el tiempo con ella. La verdad era que, aunque se trataba de una mujer cascarrabias y anclada en el siglo pasado, no era una mujer superficial y altanera como su madre, quizás por eso caía en gracia a la dulce Bethy; quien había encontrado en ella algo parecido a una figura maternal.

Audrey, en cambio, nunca había necesitado de la compañía de la Baronesa y como no tenía planes para ese día, llamó a la jefa de cámara para empezar a cambiar el menú semanal; mientras su madre no estuviera, quería organizar la casa a su manera, no quería excentricidades así que lo primero que hizo fue cambiar la cena de ese día por algo más ligero y austero.

—Pero Señorita, la Duquesa siempre quiere que se sirva ternera asada en las noches de los lunes —repuso la jefa de cámara.

—Señora Jenkins, como verá la Duquesa no está y ahora quién organiza la casa soy yo; así que haga el favor de indicar al cocinero que prepare pescado para la noche tal y como le he pedido —dijo en un tono que no daba lugar a objeciones.

La jefa de cámara era una mujer entrada en años, robusta y con expresión seria. No caía en gracia a los demás empleados y la apodaban el perro de la Duquesa por ser demasiado condescendiente y fiel a ella, llegando al punto de delatar a sus compañeros en las cosas más simples, causando así varios despidos innecesarios.

—Por supuesto Señorita como usted mande —se retiró de la sala.

Resuelto el tema de las comidas, salió al pasillo y fue a la sala de estudio donde comprobó que efectivamente sus tres hermanas menores estaban dando clase de francés con la Señorita Worth; luego, fue a asomarse a la sala dorada y confirmó que Bethy estaba con la Baronesa viuda. Con los deberes hechos, fue en busca de Tish.

—¡Vamos Tish! Vamos a ir al despacho de papá para buscar un libro sobre cómo administrar una propiedad, si estuviera madre diría que no es un libro apropiado para Señoritas, pero ahora debo aprovechar para aprender.

Así que, con la espalda recta y un porte inigualable, empezó a andar hacía el despacho de su padre seguida de su perro; una vez llegada a la gran puerta de roble la abrió sin tocar antes puesto que, estando su padre ausente, no esperaba a nadie en su interior.

"¡Dios mío! ,"se sobresaltó, al abrir la puerta cuando vio al indeseable de Edwin sentado en un sillón y leyendo lo que debería ser una carta. Por un momento se había olvidado de su existencia. No se imaginaba que estaría en el despacho; de seguro, su padre se lo había confiado para que pudiera trabajar durante su estancia.

Ese día Lord Seymour se veía de lo más varonil, lo tenía que confesar, pero no se iba a dejar eclipsar por la belleza masculina; su objetivo era sacar el libro en cuestión del despacho, al fin y al cabo, esa era su casa.

Allí estaba la causante de sus desvelos, Audrey Cavendish. Lord Anthon, antes de su partida, le asignó la habitación que estaba al lado del despacho y le confió las llaves de éste para que hiciera uso de él durante su ausencia; acto que agradeció, puesto que su plan desde que firmó el acta notarial donde figuraba como tutor de las cinco hijas del Duque de Devonshire, era el de pasar desapercibido. Se había propuesto trabajar durante el día en el despacho, lugar en el que escribiría las misivas al capataz de su Ducado y administraría sus negocios; y comer y cenar en su habitación. Sólo saldría a caballo de madrugada para comprobar que todo estaba en orden en las tierras del Duque. No quería ver a esas mocosas, y mucho menos, a la ingrata de Audrey. Cumpliría el deber de estar en esa residencia durante esos siete días y se iría, sin más.

En parte, su decisión de permanecer en el despacho del Señor de la casa había sido porque imaginaba que ninguna de las Señoritas se acercaría ahí, pero ahí estaba ella, en la puerta con cara de haber visto un fantasma. ¿Tan raro se le hacía verlo después de lo ocurrido en el río? Ahora se hacía la desconocida, pero él la conocía muy bien, conocía su tacto más íntimo...aunque a decir verdad aún le faltaba por descubrir mucho de ella: el color de su piel más interior, cómo se sentiría estando dentro de ella...Si no se hubiera jurado que nunca más se acercaría a esa fría dama, le recordaría quien era él. Pero además ya no sólo estaba su desdén hacia ella, sino su deber de protegerla y cuidarla tal y como le había prometido al Duque. Así que se mantuvo sentado con una expresión indiferente esperando una rápida disculpa y la retirada inmediata de la joven.

—Disculpe Lord Seymour, no sabía que estaba aquí —aparentó no haberse sobresaltado.

—Pero ya ve que estoy aquí, así que si no le importa tengo mucho trabajo — contestó con voz indiferente y haciendo una seña con la mano para que se retirara.

¿Pero quién se creía que era ese vulgar intruso? ¿Mandarle a salir del despacho de su padre? ¿Mandarla a ella en su propia casa? ¡Ah no! Le iba a demostrar quién era Lady Cavendish. Así que ordenó a un criado que cogiera a Tish para llevarlo al jardín.

—Perdone, pero no debo pedirle permiso para entrar en el despacho de mi padre —pasó orgullosa cerrando la puerta tras de sí.

Capítulo 10

Una ayuda

Nunca se hubiera esperado que Lady Remilgada entrara en una sala a solas con un hombre, no quería ni imaginar si alguna otra persona los viera en esa situación que podría llegar a pensar, por mucho que su padre lo hubiera hecho su tutor, no era ni de lejos apropiado que estuvieran a solas en una estancia cerrada. Y más teniendo cuenta que la dama en cuestión estaba en edad casadera y cualquier situación la podría comprometer o, peor aún, comprometerlo a él. En el fondo le importaba un comino la reputación de la joven o lo que la gente pudiera pensar, pero había dado la palabra de protegerla y así lo haría.

—Lady Remilgada saltándose las normas del decoro, ¡qué novedad! ¿y qué nueva obstinación le lleva a cometer tal acto querida? —espetó Edwin con su cinismo habitual mientras dejaba la carta encima de la mesa y se levantaba del sillón—, le aconsejo que salga inmediatamente de esta estancia si no quiere terminar con una mancha en su reputación. ¿O no será que quiere envolverme en una situación comprometida para que me case con usted? No sabía que aún soñaba conmigo, será que echa de menos mis manos por debajo de su falda.

Audrey no lo podía aguantar más, se acercó a él y le abofeteó como lo tendría que haber hecho la primera vez; era un cretino y se merecía esa bofetada y mucho más.

Edwin no se podía creer que una niña de diecisiete años le hubiera pegado a él, un hombre hecho y derecho, aunque a decir verdad debía reconocer que se lo merecía. Bien, la gatita tenía garras, otra novedad de Lady Remilgada.

—En primer lugar, no le consiento que se dirija a mí con ese apodo, yo no soy Lady Remilgada, soy Lady Cavendish; en segundo lugar, antes prefiero que me tiren atada a una piedra al fondo del Támesis que casarme con usted así que no sueñe usted conmigo y, en tercer lugar, sólo he venido a buscar un libro así que haga ver que no estoy.

—¿Un libro? Aquí no hay novelas románticas, señorita —se burló.

—Sé perfectamente lo que hay aquí y no leo novelas románticas —le dio la espalda en busca del misterioso libro.

Una mujer que venía al despacho de un caballero a buscar un libro y afirmaba que no leía novelas románticas, Lord Seymour cada vez estaba más sorprendido,

¿qué quería leer entonces? Sin más dilación se volvió a sentar en el sillón y aparentó ignorarla para dejar que cogiera lo que había venido a buscar. Tenía que reconocer que se veía hermosa esa mañana, aunque aún le seguía pareciendo un poco extraño que una muchacha soltera usara vestidos tan arriesgados; tenía un aura de mujer que lo enloquecía y sólo de pensar que estaría siete días lejos de sus amantes aún se aceleraba más.

Audrey empezó a buscar en la estantería un libro que explicara cómo se administraba una propiedad, pero por mucho que buscaba sólo veía títulos y más títulos complicados y ninguno especificaba de qué trataba. Así que tuvo que empezar a abrir uno por uno y hojear para comprender de qué tema trataba cada cual. Había centenares, ¿cómo lo lograría antes de terminar el día? Se lamentaba profundamente de la pobre educación que recibían las mujeres, sólo aprendían coses inútiles y ahora se daba cuenta: mientras ellas sólo aprenden francés, música y un poco de historia y muchos modales, ellos iban a la universidad y se instruyan. Pero no sería ella quien cambiara esa situación así que, por el momento, se limitaría a encontrar el dichoso libro.

Edwin la miraba con curiosidad, ¿qué estaba buscando con tanto detenimiento y durante tanto tiempo? No había lugar a dudas que era la mujer más obstinada que había conocido, pero ahora además la más peculiar. En lugar de estar con sus amigas charlando de qué vestido se pondría en esta nueva temporada, ahí estaba ella, revolviendo viejos libros para hombres.

—¿No tiene amigas Lady Cavendish? De verdad que no entiendo que está haciendo.

—Usted no tiene que entender nada, ocúpese de sus asuntos —contestó ofuscada. Ya tenía suficiente con todo el trabajo que tenía en buscar ese libro para encima tener que soportar las impertinencias de ese intolerable.

—De acuerdo, al menos dígame qué está buscando, a ver si le puedo ayudar —no tenía ningún interés en ayudarla, pero quería que se fuera rápido, no quería aguantarla más por el bien de todos.

Audrey lo miró seriamente durante unos instantes y sopesó los pros y los contras de hacerle partícipe de su búsqueda ¿qué podía perder? ¿Se reiría de ella? Poco le importaba. Lo que le importaba era empezar a estudiar lo qué tanto le hacía falta para poder completar sus propósitos.

—Estoy buscando un libro que explique cómo administrar una propiedad, si me puede ayudar hágalo —contestó esperando a que empezara con su cinismo habitual o simplemente se riera de ella, pero lejos de eso se acercó a la estantería donde ella se encontraba y empezó a buscar hasta sacar un tomo.

—Este es, Técnicas de administración y dirección de propiedades por Charles Marx, un gran economista de nuestros tiempos —le explicó sin ningún deje de sorna y con total sinceridad.

Audrey sorprendida por la rápida ayuda prestada no pudo más que devolverle el favor con un poco de cortesía:

—¿Usted lo ha leído? —preguntó mientras tomaba el libro y se dirigía a la puerta.

—Sí, he leído unos cuántos parecidos para poder administrar mi Ducado —

agregó mientras volvía a tomar asiento en el sillón y tomaba la carta de nuevo.

—Me imagino, gracias ya no le molesto más —se disculpó mientras empezaba a abrir la puerta dispuesta a salir.

—Eso espero, que no me moleste más— espetó Edwin volviendo a ser el grosero de siempre.

Con esa respuesta, la vena yugular de Audrey se volvió a torcer, pero ¿qué clase de pordiosero era ese? Definitivamente, no podía bajar la guardia ni un instante ante él, en cualquier momento la podía pillar desprevenida y sacar de ella lo peor o, lo mejor.

—¿Es que usted no puede ser nunca un caballero? —le inquirió Audrey con el cuerpo ya fuera del estudio.

—Ya le dije que yo no soy un caballero —repuso con un tono indiferente mientras concentraba su atención en la carta.

Salió del despacho enfurecida por el carácter tan ambiguo de ese Lord Seymour, pero por lo menos estaba satisfecha de tener por fin entre sus manos algo interesante que leer, corrió a sus aposentos y sin más dilación empezó a estudiar.

Capítulo 11

Aristócrata

El primer día sin los Duques de Devonshire en Chatsworth House pasó en calma y sin ningún incidente, Audrey se mantuvo gran parte del día en sus aposentos estudiando y sólo salió para comer y cenar, momento en que se reunió con sus hermanas. Lord Seymour siguió con su plan de ordenar que le trajeran la comida en la habitación y de limitarse a trabajar o a leer en el despacho.

Era ya entrada la noche, y Audrey seguía leyendo; tenía que reconocer que le estaba siendo muy útil ya que ese libro explicaba con detalle las técnicas a aplicar en la administración de una propiedad. Sin embargo, un ruido inusual la desconcentró de su lectura; sus hermanas y ella se encontraban en el ala sur de la mansión junto las recámaras de sus doncellas mientras que en el ala norte se encontraban el indeseable de Edwin y su ayuda de cámara. Por eso, era que le extrañaba escuchar ruido a esa hora en los pasillos, sus hermanas ya estarían durmiendo y si alguna doncella seguía despierta, lo habitual era que se mantuviera en su habitación.

Se dispuso a tocar la campanilla para que Alicia fuera a ver que sucedía, pero de golpe recordó una de las frases del libro de Marx: *"Si usted quiere ser el líder de su propiedad, usted mismo debe de afrontar todas y cada una de las situaciones que se presenten sin depender de la ayuda de nadie, ni tan sólo de sus empleados"*.

Así que dispuesta a afrontar la situación y a coger las riendas del Ducado de su padre, dejó el libro en la mesita y sigilosamente, se levantó para apagar las velas; no quería que nadie supiera que aún seguía despierta o peor aún, que al abrir la puerta de su estancia alguien la pudiera descubrir. Se tiró la bata por encima del camisón, cogió el silbato que su tío Jeremy le había regalado en una ocasión y salió silenciosamente de su alcoba sin la ayuda de ninguna vela, como se conocía bien la vivienda la luz de la luna le era suficiente para guiarse.

Al salir pudo escuchar mejor el ruido y confirmar que no provenía del pasillo sino de debajo de ella, es decir, del ala sur de la primera planta. Empezó a pensar rápido que había en ese nivel, y de pronto lo recordó: ¡el salón de mamá! Era la sala donde madre recibía las visitas y estaba decorada con los jarrones y cuadros más costosos de la propiedad.

Con mucha prudencia y un caminar sigiloso, empezó a descender la gran escalinata bien cogida del pasamanos. Una vez abajo, notó como el frío del suelo empezaba a recorrer un camino ascendente por sus piernas, pero ya no había vuelta atrás, se había propuesto descubrir qué estaba pasando y así lo haría. Así que empezó a dar pasos cautelosos hacía la sala de visitas y cada vez podía identificar mejor el ruido, era como si alguien estuviera moviendo objetos de un lado a otro con prisas. Al llegar cerca de la puerta se detuvo, y puso la oreja.

—¡Vamos, espabila! —dijo una voz masculina en un susurro gritado—, tenemos que aprovechar que estos aristócratas no están para llevarnos lo qué nos corresponde como pueblo.

—He escuchado que en la residencia sólo hay empleados y cinco damas señor —contestó una voz poco espabilada—, ¿y si subimos a hacerles una visita a las Señoritas? Estoy harto de los perfumes baratos que usan las mujeres del burdel, quisiera saber a qué huele una dama de éstas.

—¡Calla zoquete! ¿Y los guardias que rodean la propiedad? Hemos tenido suerte que mi amigo nos colara, tenemos que aprovechar para llevarnos todo lo que podamos e irnos. Seguro que no echarán de menos lo que hoy nos llevamos y mañana volveremos a por más.

El cuerpo de Audrey tembló al escuchar esas últimas palabras, cómo se lamentaba no haber aprendido a disparar cuando su prima se lo propuso el verano pasado. Obviamente, declinó la oferta por poco adecuada pero qué tonta había sido y ahora se daba cuenta. Lo único que podía hacer era tocar el silbato y alertar a los lacayos, pero no podía hacerlo sonar a dos pasos de la sala porque entonces la descubrirían y sabe Dios qué le harían.

Así que empezó a darse la vuelta para alejarse, pero lo que vio le heló la sangre y le detuvo la respiración: justo a dos pasos de ella había un hombre de estatura similar a la de un armario que parecía estar acechándola; es más, juzgando por su expresión seguro que la había estado observando durante todo ese tiempo. Audrey empezó a rebuscar en su memoria por si lo conocía de algo, pero era claro que era un intruso y que, seguramente, iba con los dos que estaban dentro del salón. Tentada estuvo de gritar, pero al pensar que había dos más cerca, se contuvo. No era que tuviera muchas oportunidades contra ése, pero eran más que contra tres. Lo miró fijamente durante unos instantes cavilando qué hacer, el malhechor la miraba con ojos lujuriosos y con una sonrisa malévola que dejaba a la vista el conjunto de dientes más negro y roto que había visto Audrey en su vida.

"Bien Audrey, piensa lo que vas a hacer, eres la dueña de esta casa, no te dejes amedrantar por esta alimaña", se dijo a sí misma mientras temblaba cual hoja en una rama de un día ventoso.

De golpe vio como el gigante iba a abalanzarse sobre ella, pero con un movimiento rápido y ágil lo esquivó pudiendo así correr diez pasos en dirección a la gran escalinata, al mismo tiempo que bufaba con frenesí el silbato; pero ya no pudo hacer más, porque el gigante la atrapó y con una sola mano hizo a pedazos la única arma que tenía. Entonces Audrey a falta de silbato, empezó a gritar de tal forma que parecía que las cuerdas vocales se le iban a romper de un momento a otro, pero no dio tiempo a eso porque su raptor le propinó —sin miramiento alguno— un golpe en la mejilla dejándola inconsciente por el dolor.

—Así calladita estás mejor —la tumbó en el suelo y se puso a horcajadas sobre ella, empezó a olfatearla como si fuera un perro oliendo comida— el olor de una aristócrata —exclamó de placer mientras rompía su camisón y dejaba sus pechos al descubierto y, con esa visión se desabrochó el pantalón dispuesto a deshonrarla.

El teniente Seymour se encontraba aún en el despacho ultimando unas cuentas cuando de pronto escuchó el sonido de un silbato, de inmediato desenfundó la pistola de su tobillo y salió con un paso tan firme que el suelo temblaba, pero al escuchar el grito de desesperación de Audrey su juicio se nubló y su semblante se oscureció. No sabía qué estaba causando ese dolor en ella, pero estaba seguro de que iba a terminar con ello.

Capítulo 12

La muerte

Edwin se apresuró en llegar al origen de esos gritos ya extinguidos y cuando llegó a la gran escalinata se encontró con una niña pequeña de pelo rubio totalmente paralizada mirando en dirección a la planta inferior, él la imitó y cuando vio lo que estaba sucediendo no vaciló en actuar.

La vena yugular amenazaba con explotarle, ver a ese hombre encima de Audrey bajándose los pantalones lo había transformado en una bestia irracional; sólo quería matar a ese mal nacido, pero no sería tan necio, necesitaba dejarlo vivo para sonsacarle información. Así que mientras bajaba las escaleras hizo gala de su puntería y lo disparó en la pierna.

El gigante cayó sobre Audrey retorciéndose de dolor, pero no tardó en recibir una potente patada por parte del furioso teniente que lo alejó de la joven y quedó tendido sobre el suelo. Una vez se aseguró que el canalla no se levantaría, se giró hacia Audrey y lo que vio aún lo enfureció más.

Esa mujer, la causante de sus desvelos, yacía en el suelo con su impoluta cara de porcelana magullada y ensangrentada y, por si fuera poco, sus pechos estaban al descubierto. Era como si le hubieran robado algo, no podía soportar la furia que crecía en su interior, rápidamente apartó la mirada de ellos y se limitó a sacarse la camisa para poder taparla.

El resto de los ocupantes de la casa no tardaron en aparecer: los sirvientes venían con lámparas mientras los lacayos y los guardias se presentaban armados. Lord Seymour dio la orden de atar al canalla y llevarlo al sótano sin importarle que se desangrara por el camino, así como la de registrar toda la propiedad y avisar a las autoridades. Luego mandó a su ayuda de cámara a por el médico y se dispuso a cargar con una Audrey, aún inconsciente, hacía un lugar más cómodo y seguro, pero algo lo detuvo.

—¡Audrey! —gritó una joven de pelo negro con el semblante lleno de rabia —, ¿quién ha sido el mal nacido qué le ha hecho esto a mi hermana? —gritó con fuerza y encarándose a todos los presentes. Karen no debía medir más de un metro sesenta de altura y era más bien de complexión delgada, pero tenía una fuerza interior que asustaba cuando entraba en cólera.

Los sirvientes y los lacayos bajaron la mirada ante ella sin saber muy bien qué responder.

—¿Es que nadie va a responder? ¡Tú! ¡Contesta! —exigió a un sirviente mientras lo apuntaba con el dedo.

—Señorita... aún no sabemos muy bien, pero hemos encontrado a un intruso... —y mientras el lacayo daba las explicaciones pertinentes a su Señora, el resto de las hermanas fueron apareciendo.

—Audreeeey —resonó una voz de soprano acompañando a una preciosa dama pelirroja que descendió la escalinata sin importarle que todos los presentes la vieran en camisón, y no era precisamente de complexión delgada. No miró a nadie y simplemente se acuclilló al lado de su hermana mayor mientras le acariciaba la mejilla ensangrentada con mucho cuidado, valorando el nivel de gravedad de la herida.

—¿Qué sucede aquí Lord Seymour? —preguntó la Baronesa viuda aún en bata y con el gorro de dormir.

—¡Liza! ¿Qué haces aquí de pie? —exclamó Elizabeth al ver a la pequeña Liza estática—. ¡Liza! ¿Qué no me oyes? —gritó preocupada, pero al llegar al borde de la escalinata y mirar hacia abajo, el corazón le dio un vuelco. Inmediatamente cogió en brazos a su hermana pequeña y se la dejó a una doncella con la orden de llevarla a la cama, y luego corrió al lado de Audrey.

Edwin, sin inmutarse por la presencia de las damas, se limitó a coger en brazos a Audrey. La cargó hasta el piso superior seguido de todas las mujeres de la casa, incluida la Baronesa viuda, que si bien aún no había llegado al final de las escaleras dio media vuelta para volver a subirlas e ir detrás de él.

—Que traigan paños para limpiar la herida mientras viene el Doctor —ordenó Edwin a una de las doncellas que se apresuró a obedecer.

—Señor, los aposentos de mi hermana están en la otra dirección —informó Karen.

—No la llevo a sus aposentos, sino a los míos.

Al llegar a su alcoba tumbó a Audrey en la cama con sumo cuidado, su rostro no parecía perturbado, si no fuera por la herida que tenía en la mejilla, nadie diría que acababa de escapar de una violación segura si no hubiera sido por su intervención. Sus tres hermanas y la Baronesa rápidamente rodearon la cama pendiente de cualquier movimiento que pudiera hacer; sin embargo, Audrey no despertaba, ni con las palabras de sus hermanas ni con el botellín de alcohol que su doncella le hacía oler de vez en cuando. Lo único que podían hacer era limpiar su herida hasta que el Doctor llegara.

—Bien, Señoritas y Señora —empezó a hablar Edwin por primera vez andando hacia la puerta y sin mirar a ninguna de las presentes—, queda prohibido salir de esta estancia hasta mi regreso –imperó autoritariamente al mismo tiempo que, mediante señas, ordenó a dos lacayos armados vigilar la puerta de la habitación.

—Perdone, pero ¿usted quién es para darnos órdenes? —inició Karen con descaro.

—Cállate Karen, él es nuestro tutor hasta que vuelva papá —interfirió Elizabeth.

Pero Edwin ya había salido de la estancia importándole muy poco lo que aquellas mujeres pudieran decirle.

—¿Dónde está la más pequeña? —preguntó a uno de los sirvientes.

—Una doncella la ha llevado a su habitación señor —se cuadró ante el caballero.

—Que vayan dos hombres armados a custodiar su puerta hasta nueva orden —dijo mientras se dirigía a la primera planta.

En la primera planta estaban la mayoría de los empleados aguardando indicaciones. El mayordomo estaba sentado en una silla en la puerta principal, esperando la llegada del médico y de las autoridades. Ciertamente, era un anciano de aspecto frágil y curvado, en su época de juventud debería haber sido un hombre alto y apuesto, pero ya poco quedaba de aquello; había servido toda la vida al Duque de Devonshire y nunca se habían planteado sustituirlo por otro más joven.

—Mr. Gibbs —llamó Edwin al mayordomo, a lo que él se puso de pie y se cuadró esperando a que el Señor hablara—. ¿Han registrado la zona?

—Sí, Señor, pero no han visto a nadie más. Seguro que sólo era un borracho sin destino fijo que consiguió colarse ...

—La pregunta es, Mr. Gibbs, ¿cómo ha conseguido colarse?

La Señora Poths, la cocinera de la familia, un tanto rechoncha pero de facciones bonitas y agradables llevaba casi los mismos años que el mayordomo sirviendo a la familia Cavendish, y fue por eso que se atrevió a acercarse a los dos hombres.

—Disculpe mi atrevimiento señor, pero la jefa de cámara me ha comentado que en la sala de invitados de la Duquesa estaba la ventana abierta y faltaban jarrones además de unos cuadros —informó con la máxima prudencia y a voz baja.

—Le agradezco la información, ¿dónde está la jefa de cámara?

—¿La Sra. Jenkins? Ha ido a descansar, por lo visto estaba sufriendo de una severa migraña a causa de los acontecimientos.

—Bien, entonces cuando lleguen las autoridades usted junto al mayordomo atiéndanlos hasta que yo venga.

—Sí señor —contestaron los dos al unísono y apartándose del camino de su improvisado Señor.

Con pasos ligeros y poniendo el silenciador en su pistola, se dirigió al sótano donde el malhechor estaba atado a una silla bajo la vigilancia de dos empleados de la casa.

—Vuestros nombres y vuestro cargo en la casa —inquirió a los dos jóvenes que hacían guardia.

—Yo me llamo David Poths y soy el hijo de la cocinera Señor —contestó apresuradamente el más rechoncho de los dos.

—Y yo Bruce y soy el ayudante de Mr. Gibbs —añadió el más alto y fornido.

—Confío en vosotros que lo que suceda hoy en este sótano no salga de aquí, ¿entendido? —demandó mirándolos fijamente a los ojos. A lo que respondieron afirmativamente con la cabeza baja.

Sus años de experiencia en el ejército le habían servido para calar rápido a las personas y sabía de sobras que esos dos mozos le serían fiel. Así que se dirigió hacía el mal oliente que se había atrevido a ultrajar a una de las damas que estaban bajo su protección. El gigante aún se encontraba consciente a pesar de la herida de bala que tenía.

—No esperaba encontrarte despierto, me preocupa sobremanera la sangre que estás perdiendo —inició calmadamente Edwin, actuando como si realmente le preocupara su bienestar.

—¿No me diga "señor"? ¿Un culo refinado como el suyo se está preocupando por un miserable como yo? –lo miró desafiante.

—¿Tan raro sería que un ser humano se preocupara por otro? — respondió Edwin mientras cogía una vieja silla de madera y se sentaba frente a él—. Dime quién eres y qué hacías en esta propiedad.

—Mi nombre es Gordon y soy cartista —contestó el hombre con sinceridad y a media voz por lo debilitado que estaba ya.

El cartismo era un movimiento que se venía fomentando por la clase obrera desde inicios del 1800 pero lo que sabía Edwin era que el populacho se limitaba a manifestarse y a reclamar derechos, no a robar ni mucho menos a violentar a muchachas indefensas. Pero como en todo movimiento, siempre había oportunistas como los que hoy se habían colado en Chatsworth House. A pesar de saber que ese mal nacido, distaba mucho de ser un cartista decidió seguirle la corriente.

—¿Y cuántos cartistas más han venido contigo? A lo mejor si me explican bien que reclaman, los pueda ayudar en su causa —dijo sonriendo Edwin, tratando de sacarle toda la información posible.

—No lo sé, mi misión era sólo vigilar que nadie los descubriera mientras entraban en la mansión, pero cuando vi a esa damita de pelo negro bajando por las escaleras…digamos que cambié el objetivo de mi misión —mostró sus ennegrecidos dientes.

—¿No me digas? ¿Y cuál era? —preguntó Edwin ocultando su enfado.

—Quería saber que se sentía al penetrar a una dama de alta alcurnia—expresó con total vulgaridad, característica de los hombres de esa calaña.

—¿Dime qué crees que te ocurrirá después de esto amigo mío? —quiso saber el teniente mientras se levantaba de la silla.

—Conozco muy bien las leyes señorito, cuando lleguen las autoridades me asignarán un médico barato y me encerrarán en prisión hasta que me den un juicio, en el que seguramente saldré perdiendo, y terminaré en una prisión sucia y mal oliente de por vida en la que moriré de hambre.

—No tendría que ser así si me dijeses quién os ha ayudado a entrar en una propiedad rodeada de guardias —dijo Edwin intentando indagar sobre el traidor que había entre ellos.

—No nos han dejado ver nada, sólo nos dejaron pasar por unos pasillos oscuros y cuando me di cuenta ya estaba dentro. Lo único que nos dijeron es que la casa se encontraba sin el dueño y que sería fácil llevarnos algunas cosas. Pero no conté con que ese pedacito de pan se presentara enfrente de mí.

—¿Crees que ha valido la pena? —intentó saber qué le había llegado a hacer a Audrey.

—¡Oh ya lo creo! No llegué a entrar dentro de ella, pero el recuerdo de sus pechos y de su olor me ayudará en las frías y solas noches de prisión, ya me entiende.

—¿Seguro? —Edwin alzó su ceja y sonrió—. ¿Crees que llegarás a poner un pie fuera de este mugriento sótano? —añadió cargando su arma y apuntándolo.

—No puede matarme o de lo contrario, usted también será encarcelado por tomarse la justicia por sus manos.

Edwin le dedicó una de sus sonrisas más cínicas y le disparó en medio de la sien.

Lo había matado, había terminado con él. Pero no le importaba, una muerte más que llevaría sobre sus hombros, pero esa era la que más le había valido la pena así que tranquilamente se dirigió hacia la puerta.

—Se lo merecía señor —dijo el hijo de la cocinera mientras el otro asentía con ímpetu.

—Desatadlo —ordenó con frialdad a los dos muchachos—. Y ha sido en defensa propia, ¿queda claro?

—Sí, señor —respondieron mientras corrían al interior del sótano para cumplir con su obligación.

Capítulo 13

Algo mío

Una vez dadas las explicaciones pertinentes a las autoridades, éstas quedaron conformes con la palabra del teniente Seymour y se llevaron el cuerpo del criminal sin más preguntas de las necesarias. No quedó exento de preocupación el robo en la sala de invitados donde se confirmaba que el tal Gordon no había acudido solo sino con compañía y, además, ayudados por alguien del servicio. Como medida de seguridad, las autoridades del estado dejaron un escuadrón de soldados bajo la autoridad del teniente para que vigilaran la casa mientras el Duque volviera y solventara el asunto del traidor.

Lord Seymour ordenó a todos los soldados posicionarse alrededor de la propiedad, menos a dos que los dejó en la planta baja como vigilantes. Seguidamente, subió a ver la recámara de la más pequeña de los Cavendish, que seguía custodiada por los dos lacayos armados.

—Pueden retirarse, la zona ya es segura por el momento, los soldados harán el resto —decretó ya cansado.

—Sí, teniente Seymour.

Edwin no olvidaba que esa niña de no más de doce años había presenciado como casi violan a su hermana mayor; por eso era que, aun no teniendo ninguna obligación, tocó la puerta y esperó que su doncella abriera.

—¿Cómo se encuentra la Señorita Cavendish? —preguntó a una simpática pero cansada doncella entrada en años.

—Señor, la verdad es que no sé qué hacer, no se duerme. Lleva más de tres horas en la misma posición; de hecho, lleva así desde que la Señorita Elizabeth la encontró en el borde de la escalinata —respondió en un tono preocupado.

Lord Seymour entró a la habitación sin preguntar y efectivamente vio a la pequeña y frágil niña sentada en el borde de la cama con la mirada perdida. Parecía un ángel, el pelo rubio y largo le caía en forma de cascada por encima del camisón infantil y sus grandes ojos turquesa no hacían más que resaltar sus rasgos aniñados.

—¿Por qué no ha dicho antes que la pequeña se encontraba en este estado? —interrogó sin esperar respuesta—, vaya inmediatamente a decirle al Doctor que en cuanto termine con la Señorita Audrey venga a ver a...

—Liza, señor, se llama Liza.

—Que venga a ver a Liza —concluyó mientras se acercaba a la niña y se sentaba a una distancia prudencial de ella esperando a que el Doctor llegara.

El Doctor de la familia, Brian Mellison, no tardó en aparecer por la puerta recolocándose sus grandes gafas.

—Señor, ya estoy aquí —dijo mientras pasaba a la estancia y se acercaba al pequeño ángel.

La valoró durante unos minutos y luego miró a Lord Seymour con el semblante preocupado.

—¿Puedo hablar un momento con usted? ¿A solas? —le preguntó el médico.

—Por supuesto —le hizo una seña con el brazo para que salieran de la habitación.

Una vez en el pasillo, Edwin se sentó con la cabeza entre las manos en una de las banquetas ya harto de la noche y miró al experto con gesto interrogante.

—Señor, me parece que la niña está pasando por una especie de trance debido a algún shock emocional, lo más sensato es que su doncella le haga tomar este medicamento que yo mismo he diseñado a base de tisana, cola de caballo y dientes de león para que caiga dormida y así mañana cuando se despierte ya haya superado este estado de paralización.

—De acuerdo, ¿y en cuánto a la Señorita Audrey? —preguntó queriendo parecer lo más neutral posible.

—La Señorita Audrey tiene un duro golpe en la mejilla que es lo que le ha causado el desmayo, pero sus constantes son buenas y fuertes. Tan sólo está en un sueño profundo y hay que dejar que duerma hasta que se despierte de forma natural, no hace falta aplicar ninguna técnica agresiva para ello; a veces es mejor dejar que el cuerpo actúe. Para la herida, ya le he dado un ungüento a su doncella para que la aplique una vez por la noche así poco a poco irá despareciendo— explicó en un tono cariñoso puesto que él mismo había traído a Audrey al mundo.

—Señor, es hora de que lleve a Audrey a sus aposentos —intervino la Baronesa viuda que venía en busca de Lord Seymour.

—¡Ah, no, no! —se exasperó el Doctor Mellison, dejando a la Baronesa enmudecida—, a la Señorita no se la puede mover hasta que despierte, y cuando despierte deben mandar a alguien para avisarme porque debo volver a revisarla. He de comprobar que no tiene ningún hueso roto y si me la mueven pueden empeorar la situación si ese fuera el caso.

—¿Y por qué no mira si tiene un hueso roto ahora Doctor?

—Ahora no puedo porqué está durmiendo y no sé si le duele algo más que la mejilla o ¿acaso tiene usted alguna técnica mejor para descubrirlo? —se ofendió por la pregunta.

—No, por supuesto que no Doctor —respondió la anciana con cara de fastidio —. Entonces yo me retiro. Estoy muy cansada y ya no estoy para estos ajetreos ¡Adelaida! ¡Adelaida! —llamó con voz estridente a su doncella, la cual apareció detrás de ella al instante—. Ven, acompáñame a la habitación.

—Yo también me retiro Señor. Lo dicho, cuando la Señorita despierte, vuelvan a avisarme —se despidió el Doctor.

Edwin se quedó solo en la banqueta por unos instantes, le dolía la cabeza y lo único que deseaba era dormir. Se dirigió hacia su alcoba donde también seguían los dos lacayos en la puerta vigilando.

—Pueden retirarse —dijo sin ganas de hablar y abriendo la puerta del dormitorio, pero se encontró con que las tres hermanas de Audrey y una joven doncella seguían en él.

—Muy bien, todas las que no estén inconscientes que se retiren a sus aposentos —se sacó las botas dispuesto a meterse en la cama.

—¿Pero usted cree que lo dejaremos a solas con mi hermana? ¿Y en la misma cama? —se indignó Karen.

—Señor, he ordenado al servicio preparar la habitación de mi padre para usted, hasta que Audrey se despierte —intervino una siempre conciliadora Elizabeth.

—Está bien... ¡mujeres! —refunfuñó mientras salía de la estancia.

—Alicia, acompaña al Señor a la recámara de mi padre, y luego retírate a descansar —dispuso Bethy mientras se tumbaba al lado de sus hermanas dispuestas a dormir juntas en la misma cama.

Un cansado Edwin seguía los apresurados pasos de la hermosa doncella, ahora que se fijaba era muy atractiva: tenía el pelo recogido en un moño rubio como el sol y un busto bastante prominente. Pero no se podía comparar con la belleza de Audrey. ¡Audrey!¡Audrey! Parecía que lo había embrujado, últimamente sólo tenía en la cabeza a esa mocosa obstinada, con la que también pasaría cuentas cuando se despertara. ¿Qué hacía ella en la primera planta a esas horas de la noche? Si se hubiera comportado como una dama y se hubiera quedado en su habitación, se hubiera ahorrado todo ese trabajo a las tantas de la noche. Sólo tendría que haber dado parte a las autoridades al día siguiente por el robo. Parecía que desde que había conocido a esa pelinegra, sólo había tenido problemas en su vida.

—Esta es la habitación señor —indicó Alicia.

—Perfecto, puede retirarse —contestó Edwin sin ni siquiera mirarla mientras se adentraba en ella.

— ¿Quiere que le ayude en algo más? —se insinuó Alicia.

¿Le había parecido escuchar bien? ¿O era fruto de su cansancio? ¿No podía ser que la doncella de Audrey se le estuviera insinuando verdad? Seguramente sólo quería ser amable con él.

—No, gracias —cerró la puerta deseoso de estar a solas de una vez por todas.

Audrey empezó a abrir los ojos levemente junto a los primeros rayos de sol, lo primero que notó fue un fuerte dolor en la mejilla que le recordó todo lo sucedido ¡Dios mío! ¿Cómo podía haberse desmayado? Lo último que recordaba era a ese asqueroso hombre atrapándola. ¿Qué habría sucedido? Empezó a recorrer con la mirada el lugar donde se encontraba, desde luego no era su habitación, pero sí era su casa porque el techo mostraba el emblema de la familia, parecía una habitación masculina. "*¡Ah sí! ¡La habitación que está al lado del despacho!*", recordó de pronto.

—¡Audrey! ¡Estás despierta! —exclamó Georgiana despertando a las demás. Entonces Audrey miró hacía a lado y vio a sus tres hermanas menores tumbadas junto a ella.

Poco a poco todas se fueron incorporando alrededor de la mayor que seguía en la misma posición de reposo, pero con los ojos abiertos.

—¿Te encuentras bien? —preguntó Elizabeth preocupada.

Audrey se llevó la mano a su mejilla e hizo una mueca de dolor, parecía que cuando intentaba hablar esa parte le dolía tanto que se lo impedía. Así que muy flojo y casi sin mover la mandíbula repuso:

—Sí, pero me duele mucho esta parte —señaló la mejilla.

—Tranquila, es sólo el golpe, no hace falta que hables, nosotras iremos a avisar al servicio para que te traigan una sopa bien caliente y para que vayan en busca del Doctor, tú quédate aquí y no te muevas —resolvió Gigi dándole un cálido y cuidadoso abrazo. Bethy y Karen la imitaron y luego salieron todas en busca de sus doncellas.

Audrey se sentía un poco desorientada, estaba claro que lo que fuera que había pasado ya había terminado, ¿pero cómo terminó todo? ¿Y Liza? ¿Dónde estaba Liza? Sin escuchar a Bethy, se levantó de un salto al recordar a su hermana menor, pero al salir de las sábanas descubrió que su camisón estaba completamente roto y le salían los pechos. De pronto tembló, ¿qué le había llegado a hacer ese canalla? Inconscientemente se llevó las manos hasta la zona desnuda intentando de alguna forma esconderse de la vergüenza.

—Veo que ya estás mejor —se escuchó una voz grave detrás de ella, pero que no la sobresaltó porque sabía de sobras de quién se trataba. Así que aprovechó que él aún estaba detrás de ella, para volver a meterse dentro de las sábanas y tapar así su desnudez.

Edwin se levantó con la primera luz de la mañana como solía hacerlo y tomó un merecido baño. Justo cuando terminaba de vestirse entró su ayuda de cámara y le informó de que la Señorita Audrey ya había despertado y de que sus hermanas habían empezado a organizarlo todo.

Así que decidió ir a verla pero no imaginó encontrarla sentada en el borde de la cama; podría haber entrado sin más, pero sabía de sobras el estado de ese camisón así que decidió hablarle desde la entrada para que le diera tiempo a taparse.

—Buenos días —ella se tapó de inmediato con la sábana.

El teniente se acercó y se sentó al borde de la cama mientras la observaba con una expresión difícil de descifrar.

—¿Qué hacías en la primera planta a las tantas de la noche? — fue lo primero que le espetó sin preguntarle ni siquiera como se encontraba.

Audrey empezaba a irritarse por momentos como cada vez que se presentaba ese indeseable delante de ella. ¿Por qué le hablaba como si estuviera regañando a una niña? Iba a responderlo como se merecía, pero al abrir la boca un dolor agudo le atravesó desde la cara hasta la sien. Así que muy flojito y apenas sin gesticular, decidió responderlo con sinceridad.

—Escuché un ruido y bajé a ver qué sucedía, luego escuché a dos hombres robando y cuando me giré para avisar a alguien me encontré con un hombre de aspecto desaliñado...—empezó a relatar en un susurro apenas imperceptible pero el teniente la interrumpió.

—¿Tienes idea del peligro al qué te expusiste? Si escuchaste un ruido tu obligación era llamar a alguien del servicio para que fuera a avisarme de inmediato —sentenció serio.

—Disculpe, pero yo soy la dueña de la casa y yo sola...

—¡Maldita sea Audrey! —gritó mientras se acercaba a ella de un movimiento rápido y la cogía entre sus brazos sin darle oportunidad a mover un sólo músculo de su cuerpo.

Audrey se quedó atrapada entre los musculosos brazos de Edwin y la sabana se deslizó dejando sus pechos desnudos, por suerte no se veían porque quedaron pegados al fuerte torso de Lord Seymour.

—Tu obstinación podría haberte llegado a deshonrar, ¿entiendes? —susurró Edwin en la oreja de Audrey. La joven no supo que responder, se quedó muda, y se limitó a escucharlo— sé que eres muy capaz de llevar una casa, no soy de esos hombres que piensan que las mujeres tienen menos raciocinio, pero hay veces que pedir ayuda a un hombre no es malo, ¿entiendes? —añadió Edwin mirándola a la cara esta vez.

—Entiendo, y lo siento si he complicado su deber de cuidarnos —dijo sinceramente al oído de su carcelero.

—No sólo me has complicado el deber de cuidaros, sino que has causado que otro viera y tocara algo que ya es mío —añadió tajantemente mientras depositaba un cálido y corto beso en los labios de Audrey.

—¿Algo suyo? —preguntó aún sostenida por los fuertes brazos de Edwin.

—Sí, no sé qué eres, pero eres algo mío, lo descubrí anoche.

Audrey lo empujó sin importarle quedarse con los pechos al descubierto.

—¿Algo suyo? ¿No sabe que soy para usted, pero sabe que soy suya? ¿Usted cree que soy un ternero o una yegua? —gritó Audrey a pesar del dolor en su mejilla.

De pronto se escucharon unos pasos y los dos se apartaron en el instante, Audrey se tapó con la sábana y Edwin salió de la estancia.

¿Qué le había pasado por actuar de aquella manera? Se mortificó Edwin al salir, sólo había ido para reprenderla y ver cómo se encontraba. ¿Algo suyo? ¿Qué suyo? Los días de abstinencia le estaban pasando factura, y ahora que sabía el aspecto de los pechos de Audrey serían peores. Soñaría cada noche con acariciar los grandes senos de esa desesperante mujer. Pero eso sólo sería hasta que se desquitara con su amante Ludovina. Sólo deseaba que pasaran los seis días restantes y volver a su Ducado para olvidarse de todo lo sucedido y de la dichosa hija del Duque de Devonshire.

Capítulo 14

El servicio

Las horas siguientes transcurrieron con tranquilidad; mientras Audrey se quedó en la cama recibiendo la visita del médico y tomando un merecido descanso, Edwin desayunó y salió a cabalgar por la propiedad.

Mientras cabalgaba por las verdes y anchas llanuras de Chatsworth House, se preguntaba cómo podrían haber entrado los ladrones y por dónde. Aunque alguien del servicio los ayudara, no era una tarea fácil, la casa estaba siempre rodeada por guardias y no creía que estos fueran precisamente propensos a ayudar el populacho. Debía ser alguien del interior de la casa, si fuera por él renovaría toda la plantilla de empleados, pero esa cuestión no le concernía a él. Esperaría a que el Duque volviera y tomara las decisiones oportunas, él se limitaría a reforzar la vigilancia con ayuda de los soldados prestados por las autoridades por el momento. Aunque no era muy conocido socialmente, debido a su aislamiento voluntario en Somerset, sí era conocido militarmente, por eso las autoridades lo reconocieron de inmediato y no dudaron en poner a su disposición a los hombres que necesitaba.

Satisfecho con su ronda decidió volver a la residencia donde le esperaban unas cuantas cartas que responder al capataz de su Ducado o, mejor dicho, su futuro Ducado. A pesar de que su padre había dejado sus obligaciones como Duque desde hacía mucho, el título no le había sido otorgado todavía, pero él tampoco lo anhelaba, no hacía todo eso por un título, lo hacía porque era su obligación. Así era Edwin Seymour, se limitaba a ir por la vida cumpliendo con su deber sin esperar reconocimiento o cariño por parte de nadie.

De camino a la mansión pasó por un jardín con altos matorrales, pero lo que vio detuvo su regreso. No era que fuera precisamente amante de los animales, pero no podía sentirse indiferente. Tish yacía en el suelo sin vida, no había sangre, pero sí tenía un duro golpe en el cráneo. No era muy difícil imaginar que todo lo ocurrido la noche pasada, tuviera algo que ver con la muerte del animal.

De pronto a Edwin le empezaron a llegar los recuerdos como si éstos intentaran encajar en un rompecabezas, y lo supo. Galopó hasta el patio principal y se acercó a dos soldados que se mantenían al pie de la mansión.

—Detened al mayordomo y registrad su habitación —impuso mientras desmontaba y dejaba las riendas al ayudante de cuadra—. Usted vaya al jardín sur oeste y traiga el cuerpo del perro envuelto en una sábana para poder enterrarlo como es debido más tarde— a lo que el mozo de cuadra asintió y obedeció.

La noche en que encontró a Audrey buscando a Tish, ésta le explicó que probablemente el Sr. Gibbs había dejado el perro fuera porque al ser mayor ya no se acordaba de ciertas cosas. Esto confirmaba que el perro solía salir junto al mayordomo a los jardines, pero no sólo eso lo había impulsado a ordenar su detención. Durante la noche pasada, cuando bajó para hablar con él, éste parecía más cansado de lo habitual; aunque fuera anciano no debería haber estado sentado en una silla si acababa de levantarse. Si realmente hubiera estado preocupado por la situación, habría estado de un lado para otro impartiendo orden entre el servicio, pero sólo se limitó a decir que lo más probable es que hubiera sido un borracho sin rumbo. Además, pareció desconocer algo tan importante como el robo de la sala de invitados, cuando su obligación era la de tener toda la casa controlada.

—¡Esto es inaudito!¡ Llevo sirviendo en esta casa por más de sesenta años y ahora un forastero me manda a detener! —gritaba Mr. Gibbs formando un alboroto en el interior de la casa. Los demás empleados empezaron a congregarse en la sala dorada donde el sospechoso permanecía con las manos atadas mientras los soldados registraban su recámara. Edwin entró y se sentó en el sillón que quedaba en frente de él, se encendió un puro y miró al mayordomo con cara de aburrimiento.

—Señor no creo que Mr. Gibbs haya tenido algo que ver con lo sucedido anoche, lleva muchos años al servicio de esta casa y la edad le está empezando a pasar factura —trató de interceder la Señora Poths con la cabeza baja y la voz temblorosa. La Señora era una sirvienta entregada y dedicada, de edad similar al mayordomo, pero más resuelta.

—Señora, el padre de su hijo es ahora sospechoso de traición y cómplice de robo, además de estar ampliamente relacionado con la muerte del perro de la Señorita Audrey— contestó Edwin dando una tranquila calada al puro como si no acabara de soltar una bomba informativa.

—Perdone señor, ¿el padre de mi hijo? —interpuso la cocinera temblando de pies a cabeza y con la cara enrojecida.

—Sí, no crea que todos somos tan ciegos como el Duque de Devonshire, con todo mi respeto hacía tan noble caballero. El gran semblante entre el joven y Mr. Gibbs, sumado a su preocupación constante por el señor aquí presente, me reveló este dato el primer día que llegué en Chatsworth House.

El silencio de la Señora confirmó sus palabras escandalizando así a todos los presentes incluyendo a Karen, Georgiana y Elizabeth que se habían acercado para ver qué sucedía.

—¿Es cierto eso mamá? ¿No me dijiste que mi padre había muerto de tuberculosis al poco de que yo naciera? —interrogó David, el hijo de la Señora Poths, consternado.

—Hijo, tu padre ya no quería hacerse cargo de ti en cuanto supo lo del embarazo y no quería perder el empleo justo cuando iba a tener un hijo; por eso, tuve que inventarme que tu padre había muerto, era la única forma de que la Duquesa de Devonshire me dejara seguir siendo su cocinera al mismo tiempo que tu crecías entre estas paredes. Y a pesar de que yo nunca dejé de amar a tu padre, nunca más volvimos a estar juntos, manteniendo sólo la relación que dos sirvientes deben tener en la casa de sus señores.

Todos miraron al mayordomo que se mantenía impasible y mirando hacía al frente como si todo aquello no fuera con él, David lleno de rabia al saber que ese hombre se había aprovechado de su madre y los había dejado solos estando bajo el mismo techo, quiso abalanzarse hacía a él para propinarle un merecido puñetazo, pero no llegó a tiempo.

—Señor, hemos encontrado este cofre lleno de misivas por parte de reconocidos dirigentes del movimiento cartista, además de varios folletos de índole revolucionaria en su escritorio— interrumpió con voz automatizada uno de los dos soldados.

—¡Maldito asqueroso! ¡Tú has causado que mi hermana esté en cama! —escupió Karen abofeteando al que una vez consideró como alguien de su familia.

—Mi padre te tenía como a su amigo, o, mejor dicho, casi como su hermano, yo misma te llamaba tío de pequeña y, ¿así nos lo devuelves? —preguntó Elizabeth con lágrimas en los ojos.

La Baronesa viuda junto a la Señorita Worth entró justo en ese momento a la sala alertada por los gritos.

—¿Qué hace el mayordomo atado como un vulgar criminal Señor Seymour? —inquirió la Baronesa viuda.

—El mayordomo ha resultado ser un criminal en todos los sentidos —contestó Georgiana viendo que el Señor Seymour hacía caso omiso a las palabras de la Baronesa.

—¡Esto es inaudito! —exclamó la anciana—. ¿Ha visto Srta. Worth? No se puede confiar en nadie en esta vida, y pensar que usted se ha levantado esta mañana tan tranquila y ausente de todo lo sucedido, no debería dormir con esos chismes en las orejas— imperó mientras tomaba asiento en un sillón alejado de la situación.

—Tapones Señora —añadió la pobre Señorita Worth que cada día que pasaba al lado de la Baronesa estaba más delgada.

—¿Tiene alguna explicación Sr. Gibbs? —preguntó ahora su ayudante, Bruce—, y pensar que lo tenía como un modelo a seguir —añadió frustrado.

—Nunca tendremos nada, siempre seremos sirvientes de los señores, aunque no trabajemos para ellos, hay que luchar por nuestros derechos —añadió con los ojos perdidos como si fuera un demente pero de pronto su faz cambió y se volvió triste—, sólo iban a entrar para coger algunas cosas de valor y así poder financiar nuestra causa, los folletos, las revistas y los viajes de los dirigentes hay que costearlos de alguna forma... No pensé que llegarían a hacerle daño a la Señorita Audrey, eso tengo que admitirlo, pero en la lucha hay sacrificios...

—¿Por eso también sacrificó al perro de la Señorita? —preguntó con una siniestra sonrisa Edwin dejando a las hermanas de Audrey consternadas.

—Ese perro tenía más privilegios que yo, estaba harto de tener que cargar con él a todos lados, y el muy granuja me siguió al jardín por donde dejé pasar a los compañeros de la causa, pero cuando empezó a ladrarles yo mismo lo callé —confirmó señalando su bastón con el que debió propiciarle el golpe.

—Llevároslo —indicó Edwin levantándose del sillón y acercándose a Bruce—, tú harás las funciones de mayordomo hasta que vuelva el Duque —dicho esto, salió de la estancia dejando el puro a medio fumar en el cenicero. Al menos ya estaba resuelto el tema del traidor, pero no sería él quien daría la noticia a Audrey acerca de lo ocurrido con Tish, se dirigió al despacho y se encerró en él.

Capítulo 15

Él te salvó

Ya era entrada la tarde y Edwin seguía encerrado en el despacho, lugar en el que también había comido, no era dado a los sentimentalismos de ninguna clase. Podría haber salido a dedicar unas palabras de consuelo a la Señorita Cavendish al escuchar su grito de desconsolación en la habitación de al lado o podría haber aceptado la invitación de Bethy para ir al entierro, pero no. Edwin Seymour prefería concentrarse en sus deberes y ocupaciones que dedicar su tiempo a los sentimientos, ya había cumplido su obligación con esa familia en cuanto a lo sucedido, y eso era todo.

Audrey sentía un vacío en su corazón, ese perro había sido en muchas ocasiones el único amigo que había tenido, siempre que mamá la había castigado en su recámara el único ser vivo que había estado con ella durante horas había sido Tish. Habían crecido prácticamente juntos, sabía de sobra que muchas de las personas de su alrededor veían infantil o estúpido que profesara tanto amor por un animal, pero no le importaba. Esas personas, no sabían el cariño que había llegado a profesar a ese cándido ser peludo, pero ya estaba enterrado y, todo, por una traición. Esa era la dura realidad, el entierro fue sencillo; compuesto de un puñado de arena con una madera grabada con el nombre de Tish junto a un pequeño discurso dado por ella misma ante la presencia de sus tres hermanas menores, la Baronesa viuda, la Señorita Worth y la Señora Poths —que había venido más para presentar sus respetos y pedir perdón— que por otra cosa. Audrey la perdonó al instante, así como todas sus hermanas, comprendían que ella no había tenido nada que ver. Lo que fuera que hubiera tenido con ese hombre hacía veinte años, no le incumbía ya a nadie.

Después del entierro fue a ver a su hermana Liza que, según había sido informada, estaba muy apagada desde que la encontraron al borde de la gran escalinata; tan apagada que apenas hablaba más que con monosílabos y tampoco quería jugar con sus muñecas como solía hacer. La doncella que se encargaba de su cuidado acreditaba su comportamiento al miedo sufrido por ver a su hermana en el suelo; pero lo que nadie sabía, excepto Edwin, es que la niña había tenido que presenciar todo lo ocurrido.

—Liza cariño, ¿quieres jugar con la muñeca que te regaló papá cuando vino de

España? —preguntó Audrey intentando poner un tono animado a pesar de la gran tristeza que sentía.

—No —respondió la niña con un hilo de voz y cabizbaja.

—A ver, cuéntale a tu hermana qué te ocurre —dijo acurrucándola sobre su falda—, me han comentado que me viste en el suelo de la primera planta, pero cariño, tu hermana se asustó y se cayó. Ya estoy bien, ¿no lo ves? —explicó abriendo un brazo en muestra de su buena salud, pero Liza parecía no creerla ya que por primera vez la miró y posó su pequeña mano encima de la mejilla de Audrey que empezaba a adquirir un tono morado.

—Oh, ¿esto? Esto se lo hizo la torpe de tu hermana al caerse, no es nada mi pequeña —mintió con la esperanza de recuperar el ánimo de la menor.

—Mentir no está bien Audrey —contestó con toda la sinceridad y simpleza que podían caber en un ser tan diminuto como Liza.

Audrey se quedó perpleja ¿qué sabía ella realmente?

—Liza cariño, ¿tu viste algo más? —un llanto descontrolado salió de la pequeña y parecía que nadie pudiera calmarla, ni siquiera su cuidadora. Con un arrebato, la niña se levantó de la falda de Audrey y empezó a correr en dirección al despacho.

—¡No, ahí no, Liza! ¡No molestes! —gritaba Audrey mientras corría detrás de ella, pero fue inútil porque Liza ya estaba dentro del despacho al que Audrey no tuvo más remedio que entrar mientras la doncella esperaba fuera educadamente.

Edwin, que estaba sentado en el sillón verde y profundamente concentrado en la lectura de un certificado empresarial, se vio de pronto interrumpido por el llanto desconsolado de la pequeña Liza, la cual entró corriendo en el despacho y se abalanzó sobre su regazo mirándolo con ojos de adoración.

Audrey observó la escena con asombro. Se podía saber qué hacía su hermana Liza, su pequeña Liza de once años, ¿subida en el regazo de ese cínico de Lord Seymour como si fuera lo único que quisiera ver en este mundo? Liza era muy delgada y frágil mientras su pelo rubio rozaba su cintura dándole un aire de ángel mientras que Edwin era tosco y serio. *"Parece un ángel abrazando al demonio"*, pensó Audrey.

—Vamos Liza no molestes al señor por favor —rogó Audrey a su hermana desde la puerta.

Edwin estaba paralizado no estaba acostumbrado a recibir ningún tipo de afecto que no fuera el sexual por parte de una cortesana, nunca nadie le había dedicado afecto sincero, y ver a esa niña llorando en su falda casi rogándole un abrazo lo tenía confundido. Así que sin saber qué hacer sólo se limitó a esperar a que la pequeña obedeciera a su hermana. Pero nunca esperó lo que salió por la dulce boca de Liza.

—Él te salvó Audrey —declaró sin dejar de mirarlo con los ojos llorosos.

—¿Pero de qué hablas pequeña? —preguntó una sorprendida Audrey mientras cerraba la puerta al ver que la conversación podía dar un giro inesperado.

—Sí, yo estaba durmiendo y escuché un "piiiip" y salí corriendo para ver —empezó a explicar Liza de una manera infantil y atropellada—, entonces vi como tu gritabas y luego el hombre malo te pegó, y luego...y luego... el hombre te tumbó y te rompió tu camisón Audrey, yo quería gritar pero no podía, tenía mucho miedo pero él vino y "pum" lo apartó y te tapó —confesó llorando sin consuelo y señalando a Edwin que se mantenía en silencio y con los ojos cerrados como si él también estuviera recordando algo.

A Audrey le salían las lágrimas al escuchar lo que su hermana tuvo que sufrir, en parte por culpa de su insensatez. A pesar de que se mantenía en pie y firme en el mismo lugar, por dentro se estaba rompiendo. ¿Cómo había podido pensar que ella sola podía hacer frente a una situación como aquella? No importaba que fuera mujer o hombre, a veces venía bien pedir ayuda, y ahora lo comprendía; si hubiera pedido ayuda ahora su hermana no estaría llorando. Por supuesto que le dolía y le llenaba de rabia al pensar que ese hombre la había tocado, pero ver el sufrimiento qué había causado en su hermana le rompía el alma. No dejaría sus objetivos, pero había aprendido una lección.

—Lo siento Liza, no deberías haber presenciado tan terrible situación —dijo sinceramente acercándose al sillón en el que Lord Seymour y ella estaban sentados.

Edwin abrió sus ojos y los depositó encima de Audrey, se veía preciosa y natural cuando bajaba sus barreras. Liza abrazó a Edwin y le susurró: —eres el hermano que no tengo —luego le depositó un beso en la mejilla y bajó de su falda.

—Ven, querida —dijo Audrey cariñosamente abrazándola muy fuerte y cogiéndola en brazos, aunque ya empezaba a pesar—. Vayamos a la cocina, la Señora Poths ha preparado una deliciosa tarta de chocolate para subirnos el ánimo —y dicho esto, salieron del despacho.

Era la una de la noche y Lord Seymour aún no había dejado su trabajo, se mantenía en el escritorio redactando unos informes para su empresa, había cenado rápido y corriendo lo que la Sra. Jenkins le había traído y no había salido para nada, en ocasiones le venían a la mente las palabras de Liza: *"eres el hermano que no tengo"*, y sentía un sentimiento nuevo, pero rápido lo apartaba.

Sin esperarlo, la puerta que conectaba con la habitación de al lado se abrió y apareció una Audrey más bella que nunca sólo con un camisón de tirantes de lo más provocativo. ¿Pero qué le pasaba ahora a esa mujer? ¿No se daba cuenta que lo provocaba? ¿Tan inocente era?

Audrey se encontraba ya en su habitación, pero no podía dormir, se sentía mal con Lord Seymour por no haberle dado las gracias por su intervención. Eso no era correcto, debía agradecérselo de inmediato y se levantó de un salto sabiendo que Edwin aún estaba en el despacho, buscó su bata por toda la habitación, pero no la encontraba. ¿Por qué aún seguía durmiendo en esa habitación? ¿De verdad el Dr. Mellison creía que no se movería en todo el día de esa cama? Si supiera que ya había salido de casa pondría el grito en el cielo. Y claro, ninguna de las doncellas había trasladado sus pertenencias puesto que al día siguiente ya volvería a su recámara. Pero sabía de sobras que no podría dormir si no se lo decía, además el camisón tampoco era tan corto, pasaría por la puerta que conecta con el despacho, le agradecería por haberla salvado y volvería, nada más. Además, estaba Liza, que le había suplicado una vez tras otras que al día siguiente Lord Seymour fuera con ellas a recoger bayas, se lo debía.

—Buenas noches, Lord Seymour —empezó Audrey ya dentro del despacho—, venía a pedirle disculpas por mi comportamiento de ayer y a agradecerle todo lo que ha hecho por nosotras y, sobre todo, por mí —dijo lo más educada posible y mirando fijamente a los ojos de Edwin que estaban empapados de lujuria, aunque ella no se percataba de ello.

Edwin sólo quería que se fuera, si se quedaba un sólo minuto más saltaría sobre ella y terminaría lo que empezó en el río. Se veía tan atractiva con esos ojos inocentes y ese cuerpo que inducía al pecado más carnal y salvaje. El camisón, aunque no era corto, era muy escotado y dejaba a la vista la voluptuosidad de la joven.

—Está bien, no tiene más importancia —contestó adusto y volviendo a centrar la mirada en los documentos con la esperanza de que se fuera.

Audrey esperaba una contestación un poco más amable pero ya empezaba a conocer el carácter poco afable de Edwin así que a pesar de empezar a irritarse, como siempre que se acercaba a él, continuó de la forma más cortés que pudo:

—Y además Liza ha expresado el enorme deseo que mañana nos acompañe a recoger bayas a un campo cercano de la propiedad. La verdad es que después de todo lo sucedido tengo la esperanza de poder consentirla en eso, debo confesar que mi hermana lo estima mucho.

—Disculpe Señorita Cavendish, pero por si no lo ve tengo muchas más ocupaciones que la de ir a buscar bayas junto a Señoritas —contestó Edwin de forma cortante mientras volvía a enfocar la vista sobre ella.

¿En qué momento pensé que podía hablar yo con este hombre?, pensó Audrey mientras daba media vuelta y se disponía a salir, pero el rostro de Liza le vino a la mente y se convenció a sí misma de volver a intentarlo.

—Es cierto, mire pídame lo que sea, pero venga mañana. No sabe la ilusión que tiene la pequeña. Además, como sabrá estoy muy interesada en aprender más sobre los trabajos de hombres —rogó Audrey esperando que el teniente le pidiera copiar algún documento para aliviar su trabajo o algo similar.

Edwin la entendió perfectamente, pero su mente lujuriosa y experimentada, empezó a cavilar todo tipo de posibles trabajos que podría enseñarle a esa joven.

—Bien, siéntese en esa silla de ahí junto a esa mesa y copie esta certificación en este documento —accedió señalando un conjunto de sillas y mesa que había a unos pasos del escritorio principal, aún no sabía cómo había accedido, pero por una extraña razón lo hizo.

Audrey satisfecha y feliz de haber conseguido su propósito se sentó donde le ordenó y empezó a trabajar, no sólo ayudaba a Liza, sino que ella también podía aprender y participar en algo que deseaba desde hacía mucho tiempo. Se mantuvieron los dos en silencio y trabajando durante una larga hora en la que Audrey terminó la copia.

—¡Ya está! —exclamó sonriente Audrey mientras levantaba el conjunto de hojas que había escrito y se lo mostraba como si fuera una niña pequeña a Edwin.

—Muy bien, muchas gracias, Señorita Cavendish, déjelos ahí —contestó Edwin señalando un extremo del escritorio. La joven se levantó y cumplió.

—¿Usted no va a descansar aún? ¿Le hace falta que le ayude en algo más? —

preguntó sinceramente Audrey. Pero Edwin no respondió, Audrey pasó la vista por encima de su escritorio y se percató en una pequeña cajetilla de metal, se acercó a ella.

—¿Esto qué es?

—Son cigarrillos, son cosas para hombres, déjelo donde estaba, ya no me hace falta más ayuda gracias.

A Audrey se le encendió la luz de la rebeldía al escuchar " *son cosas de hombres*" y se propuso probar eso de los cigarrillos. Abrió la caja, buscó las cerillas y prendió fuego a uno de ellos bajo la atenta mirada de Lord Seymour.

—Se va a quemar —se mofó Edwin. Pero Audrey no le prestó atención y con una mirada vacilante consiguió encender uno de esos tubitos largos y blancos. No sabía muy bien qué tenía que hacer, pero suponía que era lo mismo que con los puros así que recordando a su padre se llevó el cigarrillo a los labios e inhaló. ¡Qué era eso! De pronto una intensa tos le sobrevino y un sabor asqueroso y amargo le inundó la boca, tiró ese artefacto del demonio encima de la mesa jurándose que nunca más lo probaría. Edwin soltó una sonora carcajada y se levantó para apagar el cigarrillo al mismo tiempo que se acercaba a una mareada Audrey apoyada a la mesa. Edwin acarició la cintura de Audrey y volteó su cuerpo quedando así uno frente a otro.

—¿Se encuentra bien? —preguntó con voz profunda muy cerca de los labios de Audrey que aún olían a tabaco.

—Sí, sólo que me ha mareado ese producto del diablo —repuso mirándolo inocentemente a los ojos. Edwin le acarició levemente la mejilla aún magullada y no lo soportó más: besó los rosados labios de Audrey con fervor, los saboreó como si de un manjar se tratara y se introdujo en su húmeda cavidad con la lengua.

Audrey sentía que se iba a desmayar, la sensación del río volvió en ella. Pero peor fue la situación, cuando la mano de Lord Seymour deslizó su camisón dejando a la vista su exuberante cuerpo. Audrey se sentía en el cielo, el placer que le proporcionaba Lord Edwin no se podía comparar con nada anterior, ella nunca había sido tocada por un hombre, pero lo que Edwin le hacía sentir, sabía que nunca lo volvería a sentir con nadie más. A pesar de que le caía tan mal, deseaba que le diera más de aquello y así que de forma casi innata, cogió su mano y la puso sobre su cuerpo. Edwin al ver la iniciativa de la joven dama pidiéndole lo que él mismo le enseñó ese día de pesca, sólo pudo acelerarlo más, quería complacerla, lo deseaba. Audrey notaba como algo desconocido iba creciendo desde su interior y tensaba su cuerpo hasta que al final llegó al clímax y todo su cuerpo se relajó. Edwin quería adentrarse en ella con ansia, pero sabía que no podía, no en ese momento. Así que lentamente sacó la mano de su falda y la incorporó con delicadeza de la mesa en la que había terminado tumbada. Audrey lo miró avergonzada y salió corriendo de la estancia.

Capítulo 16

Días de paz

Audrey sólo podía recordar lo que le dijo Edwin en una ocasión: *"Yo tampoco tengo intención de casarme con una Lady Remilgada, lo único que quería era ver esa cara de estirada retorciéndose por el tacto de mis manos."* ¿Por qué esta vez iba a ser diferente? No lo podía culpar, evidentemente ella había aceptado que la tocara; es más, a pesar de que le doliera reconocerlo, prácticamente se lo había pedido a pesar de saber qué clase de hombre era.

Ella no tenía ninguna intención de casarse, tenía la esperanza que la Reina Victoria, siendo mujer, cambiara esa estúpida ley de sucesión que no permitía a la mujer heredar ningún título más que el de su marido; pero si se casaba, cualquier atisbo de que su sueño de heredar el Ducado de Devonshire se cumpliera sería completamente aplastado. No es que le preocupara que ese cínico quisiera casarse con ella, porqué sabía que eso no era así; si no que ella misma empezaba a dudar si sería capaz de dejarlo ir sin más, después de haber sentido tanto estando entre sus brazos. Había trabajado duro para forjarse una reputación intachable en una sociedad tan poco comprensiva como lo era la de Inglaterra, no sólo había sido educada con tanta rectitud que ni siquiera había podido establecer amistad con ninguna otra dama, sino que ella misma dedicó tiempo y esfuerzo en ser la dama perfecta; y ahora un hombre rompía todos sus esquemas y la hacía quedar como una vulgar cortesana con su propio consentimiento.

En la temporada pasada tuvo que soportar la envidia de todas las demás damas por ser el foco de atención de todos los caballeros sin desearlo, sólo pudo entablar una relación cordial con la Srta. Alice que era la otra beldad de la temporada y se había casado antes de terminarla. Siempre había estado sola y se había forjado su propio carácter, pero ahora temblaba al recordar los besos de Edwin.

—Audrey, ya estoy preparada para salir —informó una voz infantil a través de la puerta de su alcoba, alejando todos sus pensamientos y volviéndola al mundo real.

—Está bien Liza, ahora salgo —contestó Audrey intentando parecer animada. Ya estaba de nuevo en su recámara, el Doctor Mellison había autorizado su traslado de buena mañana sin saber que su paciente había salido más de una vez de la cama antes de que le diera su visto—bueno. El desayuno y la comida se sirvieron en el comedor sin la presencia de Edwin y ya eran las cuatro de la tarde, la hora en que había prometido a su hermana que la llevaría a recoger bayas; así que con un bonito recogido adornado con flores y un sencillo vestido color perla acompañado de un chal azul, salió al encuentro de Liza.

Al abrir la puerta se encontró con una graciosa estampa: Lord Seymour, con expresión ausente, tirado de forma desganada encima de una banqueta con Liza sentada sobre sus pies relatando animadamente el cómo y el porqué del nombre de su nueva muñeca Edwina.

—¡Por fin hermanita! Te estábamos esperando —expresó con júbilo Liza al ver a su hermana. La pequeña se levantó de un brinco y fue corriendo en busca de su doncella para entregarle la muñeca a cambio del cesto, en el que cariñosamente guardaría los frutos que recogiera.

Edwin, que estaba medio dormido, se levantó hastiado y miró a Audrey como si nada hubiera pasado.

—Buenas tardes, señor Seymour, le agradezco que haya aceptado la invitación —dijo Audrey todo lo firme y neutral que pudo. No obstante, Edwin sólo emitió un leve gruñido acompañado de un movimiento de mano que le restaba importancia a sus palabras y le dio la espalda para empezar a descender a la primera planta.

Pero qué grosero era ese patán, si no fuera por su hermana se daría media vuelta y volvería a su habitación, no tenía ningún deseo de compartir su tiempo con ese desagradable. Pero ya era tarde, Liza volvió casi corriendo de su habitación cargada con el cesto y no tardó en cogerla de la mano mientras la empujaba a bajar también.

Una vez en el recibidor, Edwin ordenó a dos soldados que los escoltaran mientras Audrey pidió a la Sra. Jenkins, la jefa de cámara, que los acompañara; hubiera sido un escándalo que hubiera ido ella sola con ese hombre, y no estaba dispuesta a manchar su nombre, a pesar de todo, nadie sabía lo que ocurría en su intimidad.

Liza iba tarareando cogida de la mano de la rígida Sra. Jenkins mientras Edwin y Audrey andaban a cuatro pasos de ellas, la distancia suficiente como para no levantar rumores, pero también la adecuada para que no los escucharan.

—¿Era necesario la compañía de los soldados, Lord Seymour? —preguntó Audrey mirando con recelo hacia atrás, donde se encontraban los dos militares a una distancia prudencial de ellos.

—¿De verdad quiere hablar de eso Señorita Cavendish? —interpuso en un tono aburrido Edwin mientras andaba como si nada le importara en ese mundo.

—Bueno... ¿de qué quiere que hablemos? —preguntó la joven empezándose a acostumbrar a su carácter peculiar.

—Verá, ahora viene eso de: *"yo no soy propiedad de nadie", "olvide lo sucedido", y bla bla bla* —respondió Edwin imitando la voz de Audrey.

Ella lo miró y estiró su espalda lo más que pudo intentando guardar la compostura y con un tono, como siempre perfecto, respondió:

—¿No le han dicho nunca que imitar a una dama es de pésima educación? Y en cuanto a lo que no soy propiedad de nadie es cierto, y siempre será así. No puedo negar que lo que he sentido con usted es algo nuevo para mí pero no puedo dejar de lado mis objetivos.

—¿Y cuáles son sus objetivos Lady Remilgada? —curioseó Edwin en un tono socarrón a lo que Audrey lo miró con una mirada fulminante.

—Se lo diré, pero espero que no se burle de mí. Quiero ser la Duquesa de Devonshire —respondió con un brillo de emoción en los ojos y moviendo la cabeza enérgicamente. Audrey esperó que Edwin se riera o empezara un largo discurso de por qué eso nunca sería posible, pero le sorprendió que sólo se limitara a asentir con la cabeza con expresión indiferente—. ¿No va a reírse?

—¿Por qué debería hacerlo? —encogió los hombros—. Sólo que no sé cómo podrá escapar de las obligadas temporadas de las muchachas casaderas en las que cientos de hombres pedirán su mano, ¿de verdad cree que su padre la dejará a merced del destino sabiendo que su objetivo no es para nada viable? Entiendo su frustración al ver que el legado de su padre se extinguirá, pero hay algo que sí está permitido hacer, heredar las propiedades. Aunque usted no herede el título, puede obtener todas las propiedades y negocios de su progenitor menos aquellas que vayan por decreto junto al Ducado. A veces la vida no es de color blanco o negro Señorita Cavendish, en medio hay muchos matices.

—Para mí lo importante no son los negocios o las propiedades. Para mí lo importante es seguir manteniendo el título en nuestra familia y poder cuidar de Chatsworth House como mi padre ha hecho hasta ahora. Esta casa está ligada al Ducado; si mi querido padre falleciera, Dios no lo quiera, todo esto pasará en manos de un primo tan lejano que ni siquiera se apellida Cavendish. Y mis hermanas y yo quedaríamos a su merced, esperando que nos casara con el mejor postor y alejándonos de todas nuestras posesiones y recuerdos. A pesar de mi madre, tengo muy buenos recuerdos en esta residencia Señor Seymour. Además, quisiera llegar a tener el poder del Ducado por dignidad, desde pequeña tenía que escuchar como éramos tratadas como ganado por parte de mi madre sin importarle nuestros sentimientos, ninguna de nosotras éramos lo suficientemente buenas para la Duquesa de Devonshire; me gustaría poder demostrarles a todos aquellos que me han humillado que puedo llegar a ser tan válida como un varón o más.

Edwin meditó las palabras de la joven, a pesar de parecer la perfecta dama inglesa era en realidad, todo lo contrario, era una mujer obstinada y con ideas revolucionarias. Y, por si eso fuera poco, le gustaría disfrutar del lecho puesto que era evidente que era una mujer apasionada y ferviente a pesar de su apariencia fría y calculadora. Lo tenía completamente desencajado. Cuando Audrey se fue corriendo del despacho dejándolo sediento de su cuerpo, sólo pudo calmarse con unas copas de coñac, prometiéndose que nunca más cometería el mismo error a pesar de haber caído en él varias veces. Él tampoco deseaba casarse por el simple hecho de que no tenía tiempo ni ganas para ello, sólo se casaría cuando obtuviera el Ducado para engendrar un heredero. No quería distracciones. Pero empezaba a plantearse si Ludovina sería capaz de encenderlo de la misma manera que esa joven inexperta llevaba haciéndolo los últimos días.

Por fin llegaron al campo repleto de rojas y jugosas bayas y Liza corrió a llenar el cesto junto a su hermana y Lord Seymour, que más que coger bayas, se limitaba a seguirlas con cara de aburrimiento. Una vez el cesto pesó considerablemente, Edwin cargó con él hasta la mansión por petición expresa de la pequeña que aseguraba que todas esas bayas eran un regalo para él.

—Edwin, ¿te gusta el pastel de bayas? —preguntó Liza ya en el vestíbulo.

—Señorita, no está bien tutear al caballero —corrigió la Sra. Jenkins.

—Él no es un caballero, es mi hermano —sentenció Liza bajo la risa de los presentes menos la de Edwin que la miraba con cara de consternación.

—Sí, me gusta —contestó subiendo la escalinata en dirección al despacho con ganas de que le dieran unos minutos de paz, ciertamente, no estaba nada acostumbrado a tanto alboroto, echaba de menos la tranquilidad de Somerset.

A la hora de la cena una doncella dio tres toques estudiados en la puerta desconcentrando a Edwin.

—Pase —autorizó con voz de fastidio.

—Señor, la cena está lista, puede bajar —dijo con voz temblorosa sabiendo su respuesta.

—¿Qué le hace pensar que hoy bajaré para cenar? Ya ordené el primer día que quería comer y cenar en mis aposentos...

—Porfiiiii —interrumpió de golpe una angelical e infantil Liza ataviada con un pomposo vestido rosa con flores gigantes que había permanecido escondida detrás de la doncella en todo momento. La niña entró dando saltos al despacho y se tiró encima de Edwin cogiendo su barba entre las manos—. He dicho a la Señora Poths que hiciera el pastel, es un regalo para ti, por favor ven —añadió con voz suplicante.

¿En qué clase de infierno se había metido? Primero la obstinada hija mayor del Duque no hacía otra cosa que causarle problemas y perturbarlo con camisones ajustados y ahora la menor de sus hijas estaba enganchada a él en todo momento. Si no fuera por el dichoso deber, cogería sus cigarrillos y saldría en busca de su semental para galopar hasta su Ducado sin mirar atrás. Su castillo era muy pacífico sólo había sirvientes leales y su padre. Se seguía una rutina muy específica sin alteraciones en contraposición de esa casa que era un sinfín de ir y venir de personas y, sobre todo, mujeres y niñas.

Iba a declinar la oferta por mucho que le tentaran esos angelicales y aniñados ojos turquesa pero la situación se complicó cuando una hermana detrás de otra empezó entrar en el despacho seguidas de la Baronesa viuda.

Elizabeth iba vestida con un simple y recatado vestido color crema mientras Karen y Georgiana llevaban vestidos de colores alegres debido a que aún eran consideradas niñas a pesar de que sólo les faltara cuatro años para su debut en sociedad.

—Hemos venido todas a pedirle que baje a cenar, no tuvimos la oportunidad de agradecerle todo lo que ha hecho por nosotras. La joven Audrey ha preparado junto a Liza una cena en su honor y aunque las niñas aún no están presentadas en sociedad, esperamos que sea una velada familiar e íntima —explicó la anciana Baronesa ataviada de luto riguroso desde que había muerto su marido hacía ya diez años.

—Se...sería un honor que nos acompañara —añadió una tímida Elizabeth mientras Karen y Georgiana asentían con la cabeza.

¿Qué podía hacer contra seis mujeres? No le quedaba otra que aceptar.

—De acuerdo, ahora bajo —dijo en tono resignado mientras dejaba la pluma encima del escritorio, a lo que Liza bajó de un salto de su falda y corrió hacía el comedor donde Audrey estaba esperándolos con un precioso vestido blanco combinado con la tiara de diamantes que su padre le regaló cuando cumplió los diecisiete.

La velada así como el resto de los días venideros pasaron sin incidentes ni novedades, reinando un ambiente hogareño y familiar que nunca había existido entre esas paredes a causa de la estricta disciplina que impartía la Duquesa de Devonshire. Aunque, por supuesto, no se dejaron de lado las normas de cortesía ni las clases con la institutriz; Audrey permitía a sus hermanas menores salir a jugar de vez en cuando o, simplemente, reírse. Edwin bajaba a cenar, aunque no siempre, y todos compartían anécdotas o actividades como tocar el piano o leer ajenos a la tragedia que estaba por suceder.

Capítulo 17

Prioridades

Aún faltaba un día para que el Duque de Devonshire volviera a Chatsworth House, pero su interior ya se había vuelto un bullicio. Todo debía estar dispuesto para recibirlo como se merecía. Audrey había estado desde las seis de la mañana organizando al servicio en cuanto a limpieza, decoración y comidas; quería que la cocinera preparara la receta favorita de su padre, *roast beef*. Mientras los empleados se afanaban en cumplir las órdenes de la Señorita de la casa, el resto de las hermanas preparaban relatos y poesías que recitarían en la velada de mañana, en nombre de su padre. Se sentía reinar una sensación de júbilo general al saber que podrían disfrutar, por primera vez, de la compañía de su padre en un ambiente hogareño y afable lejos de las excentricidades y castigos de su progenitora.

Lord Edwin, ya instalado de nuevo en la habitación del despacho, se esmeraba en preparar un adecuado informe de todo lo sucedido durante la ausencia de Lord Anthon para presentarlo a éste mismo; desde el robo de la sala de invitados hasta la detención del mayordomo sin obviar ningún detalle, salvo los más comprometidos e innecesarios.

Cuando toda la casa ya estaba lista y la carne de ternera ya estaba marinándose para el día siguiente, Audrey se retiró a la sala dorada para preparar la pieza de piano que tocaría para su padre. Hacía días que no lo tocaba puesto que con todo lo acontecido no había tenido tiempo y a pesar de que los últimos días habían transcurrido con tranquilidad y pudieron aprovechar para disfrutar de las actividades asociadas a su clase, el piano había estado casi siempre ocupado y férrea a su buena educación, no había pretendido pedir sitio en la banqueta.

Pero ahora la sala estaba vacía y por fin podía tocarlo, desde pequeña esa había sido su principal afición junto la de pintar, sólo que esa era la única que estaba bien vista por el resto de sociedad. Así que el ímpetu de su antigua institutriz más su pasión por la música, la habían convertido en una pianista sublime. En la última temporada, sin saber cómo, terminó en el piano de la Duquesa de Portsmouth y dejó a todos los presentes sorprendidos con una pieza de *Maria Agatha Szymanowska*, una famosa pianista polaca fallecida hacía sólo nueve años, pero que dejó grandes composiciones. De hecho, la composición que tocaría para su padre iba a ser una gran obra de esta misma autora, *nocturne in B flat major,* no sería la primera vez que la tocaría para él puesto que fue él mismo quién se la enseñó de pequeña.

No era habitual que en esa época una mujer se hiciera un lugar entre los grandes compositores y Audrey estaba segura de que su padre le había hablado sobre esa compositora —no sólo por sus grandes obras— sino por el significado feminista que conllevaba. Y es que Lord Anthon siempre le había dado su apoyo en todo, si fuera por él, hubiera dejado el Ducado en las manos de su audaz primogénita, pero no podía cambiar las leyes. Así que sin más dilación empezó a acariciar las teclas inundando gran parte de la mansión con una melodía suave e impecable que llegó hasta Lord Edwin; las notas eran tan perfectas y rítmicas, pero a la vez parecían tan complicadas y profundas, que informaron al teniente de su dueña sin verla.

Lord Edwin salió de su recámara y como si la música tuviera alguna clase de hechizo que lo atrajera, bajó hasta la sala dorada y se apoyó en el marco de la puerta con los brazos cruzados mientras observaba a la luna cantar. Porque eso era Audrey, una luna; perfecta y sublime, pero a la vez extraña, sensual y atrayente, distante y huidiza. Era hermosa, debía reconocerlo.

Esos días de tranquilidad, había podido conocer más de ella, en alguna cena habían podido entablar conversación sin terminar discutidos o desnudos y tenía que reconocer que no había sido para nada desagradable compartir el tiempo con esa dama. Era cierto, que por lo general se preocupaba demasiado por las apariencias y siempre mantenía una postura fría y distante de dama melindrosa, pero había una inteligencia y un aura de entereza en ella que amenizaban su compañía. Además, había que admitir que por ser una dama de alta cuna que no estaba obligada a hacer nada, siempre estaba pendiente del manejo de la residencia y dedicaba horas enteras a la mejora de la mansión o a sus estudios autodidactos.

Audrey siguió tocando sin darse cuenta de la presencia de Edwin hasta el final de la obra, en el que su espectador aplaudió elegantemente al mismo tiempo que se acercaba a su posición. Ella, por su parte, también había podido limar asperezas con Lord Seymour en esos días, nada semejante a lo ocurrido en el despacho volvió a suceder y las pocas conversaciones que habían mantenido a la hora de la cena habían resultado satisfactorias. Era cierto que ese aire de sarcasmo y despreocupación que siempre impregnaban a Edwin la irritaban un poco, pero después de dejar claro que no serían nada más que conocidos, no valía la pena enfadarse. Probablemente cuando volviera su padre, él volviera a recluirse en Somerset y ya nunca más lo vería.

—Lord Edwin, no sabía que se encontraba aquí, ¿le ha gustado la pieza? —inició Audrey intentando parecer lo más calmada posible ante el caballero. No podía negar que seguía sintiéndose terriblemente atraída por él hasta el punto de que su corazón daba un vuelco cada vez que lo veía, pero su sentido común y su sensatez eran más fuertes. Si realmente el hombre quisiera iniciar algo serio con ella, ya se lo hubiera pedido, y aunque se lo pidiera, ella no podría aceptar así que era mejor dejar las cosas como estaban.

—En realidad, no me ha gustado, toca usted demasiado rápido —mintió al mismo tiempo que se sentaba en la banqueta al lado de ella y la miraba fijamente con una mirada cargada de significado.

—Señor, no acostumbro a tocar duetos y menos en privado, haga el favor de levantarse o de lo contrario me veré obligada a levantarme yo —amenazó seriamente la joven que ya empezaba a sentir como las piernas le temblaban por la cercanía del único hombre que la había besado.

—Está bien, está bien —dijo levantándose con las manos en alto de forma burlona—, sólo he venido a despedirme de la Señora de la casa —informó con cierto tono de sarcasmo—. Al anochecer partiré hacia Somerset, pero he dejado unos soldados con la orden de permanecer aquí hasta que el Duque vuelva mañana y ya he hecho entrega de un informe con todo lo sucedido a Bruce para que se lo entregue a tu padre.

Audrey se quedó desencajada, sabía que se tenía que ir, pero no esperaba que fuera tan pronto; se quedó unos segundos en silencio, casi entristecida por la noticia ¿pero que le importaba a ella? No iba a reconocer ante él que su partida le dolía, ni siquiera lo iba a reconocer ante ella.

—Ha sido un placer tenerlo entre nosotros, no dude en volver a visitarnos teniente Seymour —dijo con cara inexpresiva y voz apática sin ni siquiera mirarlo. Fingió tener más interés en volver a poner la primera hoja de la partitura que en su conversación.

Un extraño impulso que no supo de donde nació hizo a Edwin volver a sentarse en la banqueta de un movimiento rápido y seco para coger por la cintura a Audrey con una mano mientras con la otra sujetaba su barbilla para obligarla a mirarlo a los ojos. Y sin pensarlo ni meditar en que la puerta estaba abierta, la besó con fervor, casi con agresividad, a modo de venganza por su indiferencia hacia él. Y una vez hubo comprobado que la joven no se mostraba indiferente y que lo miraba con deseo, apartó los labios de ella y mientras aún sujetaba su mentón susurró muy cerca de sus labios las palabras que se había prometido desde niño no pronunciar a nadie.

—Audrey Cavendish, te lo voy a preguntar sólo una vez, y juro por Dios que si te niegas jamás te lo volveré a repetir aunque tu vida dependiera de ello, ¿quieres casarte conmigo?

Audrey se sintió como si ese gigante le propinara otro golpe en la mejilla, se hubiera desmayado si no fuera porque los inquisitivos ojos de Edwin le transmitían tanta energía que parecían no permitirle desfallecer, ¿acaso no había quedado claro ese día de las bayas? ¿Estaba borracho? De verdad que no lo entendía, por supuesto que le diría que sí, una y mil veces sí, se moría por el olor de ese hombre y deseaba conocer la verdadera esencia de ese peculiar caballero que, a pesar de ser un cínico y un canalla despreocupado, falto de modales, nunca dejaba de lado su deber. Pero no podía aceptarlo. Si algo tenían en común los dos, es que primaba el deber por encima de cualquier cosa, y su deber estaba con su familia y su legado; si ella se casara dejaría a sus hermanas solas a merced de mamá, además de perder para siempre la posibilidad de heredar el título de su padre. Audrey lo miró con los ojos azules más bonitos de Inglaterra empañados en lágrimas y a media voz se sentenció a sí misma.

—No puedo, Lord Seymour —a lo que Edwin la dejó libre literal y figuradamente, la soltó y sin mediar palabra salió de la estancia.

Capítulo 18

Un dolor eterno

¿En qué estaría pensando al soltar semejante estupidez por su boca? ¿En qué mundo iba a casarse él con Lady Remilgada? Él sólo quería una esposa, llegado el momento, obediente y sencilla; no quería ni pensar que hubiera pasado si esa terca mujer hubiera aceptado la proposición. Qué suerte había tenido de que no aceptara, se había dejado llevar por el impulso de saborear una carne nueva, cuando llegase a Somerset quizás solicitaría a Madame Russionot —la dirigente del club de hombres— que le buscara a alguna jovencita nueva y así saciaría su deseo. Quizás había pasado demasiado tiempo con una misma amante y además llevaba demasiados días en abstinencia. Sí, fue eso, fue el deseo de poseer algo nuevo, un capricho, nada más. Y por Dios que, aunque la muchacha volviera a él de rodillas no la aceptaría.

Edwin, ataviado con su uniforme, descendió la gran escalinata como alma que se lleva el diablo y sin intenciones de despedirse de nadie más que de sus soldados, mandó a ensillar su caballo; no quería perder más tiempo en un viaje con carruaje. Mientras el lacayo ensillaba su semental negro se sentó en el vestíbulo sin más presencia que la del improvisado mayordomo, Bruce, que no osaba emitir palabra ante el ceño fruncido del capitán. Lord Seymour había cambiado su plan de partir a la noche por el de partir a las cuatro, hora en que todas las damas reposaban en sus recámaras menos Audrey, claro, que ella en lugar de dormir estudiaba; pero lo importante es que podría salir sin ver a nadie. Ya terminando el puro, el lacayo que tenía que ensillar su caballo entró en el vestíbulo con la cabeza gacha y un semblante palidecido, Edwin lo miró con fastidio ¿qué era esa cara?

—¿Qué ocurre muchacho? —espetó Lord Seymour de mala gana a lo que el sirviente permaneció en la misma posición enmudecido, mientras se apartaba a un lado y dejaba pasar a un emisario con un vendaje negro en el brazo izquierdo.

Apresuradamente el mayordomo se posicionó frente al portador que hizo entrega de un sobre ribeteado de negro y con una voz estudiada preguntó por el tutor de la casa.

—Está usted frente a él —respondió Edwin con el puro en la mano y desganado, seguro de que se trataba de la muerte de algún anciano de la familia. Era común que en esa época del año los más mayores resintieran el frío. Quizás alguna tía abuela o algún primo pensó él.

—He de informarle que el Duque de Devonshire, Lord Anthon Cavendish, ha fallecido esta mañana.

Un grito de profundo dolor sorprendió a todos los presentes que se giraron de inmediato y vieron a una joven de pelo negro dejarse caer de rodillas sobre el suelo mientras su semblante se desfiguraba.

—¡Nooooooo! ¡No puede ser! —gritó Audrey mientras sentía que el alma se le rompía en mil pedazos; su padre, su amado padre, la había dejado sola. No podía ser debía ser, era un error. De pronto notó unas manos sobre sus hombros, pero no le importaba de quien eran; se levantó del suelo y corrió a coger la carta de las manos de Bruce, que también se mostraba afectado por la noticia. Y sin poder enfocar nada más que las letras de defunción, con las manos temblorosas empezó a leer la misiva más desoladora que leería en su vida entera.

A la familia Cavendish,

se notifica que el Duque de Devonshire, Lord Anthon Cavendish, ha fallecido esta mañana a causa de un asalto por parte de los cartistas cuando su Señoría se dirigía a Chatsworth House.

Su cuerpo, así como el de los lacayos que lo acompañaban, han sido hallados sin vida a las once de la mañana por las autoridades.

El difunto ha sido tratado acorde a su rango y ya se han emitido las misivas correspondientes a todos los posibles afectados más cercanos, así como se ha dispuesto el traslado del cuerpo a su domicilio habitual, Chatsworth House.

Ducado de Devonshire, 8 de Marzo de 1840

Eternamente fiel,

Johnson Smith, Capitán en Jefe de la Guardia Real Británica

Audrey apenas podía sostenerse en pie, pero a pesar de la densa lluvia que caía ese dia, salió corriendo del vestíbulo hacía el patio principal hasta donde se hallaba —según la carta— el carruaje fúnebre de su padre. Pareció que la vida le daba un golpe invisible cuando vio delante de ella un ataúd con el nombre de *Anthon Cavendish* grabado. En un intento desesperado de creer que era mentira y bajo los efectos de la histeria abrió el féretro para confirmar que su padre la había dejado, y lo que vio le desgarró el alma.

Ahí estaba el hombre que se lo había enseñado todo, la única persona que se había preocupado sinceramente por ella y que la había querido sin condiciones desde que nació...sin vida, con los ojos cerrados. Y ante la entristecida mirada de todos los empleados más cercanos y de Lord Seymour, Audrey se abalanzó sobre el cuerpo del único hombre que había amado y que amaría el resto de sus días, en un intento desesperado de que le devolviera el abrazo. Y así, en esa posición y debajo de la fría lluvia de Inglaterra, un llanto desgarrador emergió de sus entrañas haciéndole sentir que su propia alma también la abandonaría para acompañar a la de su padre.

Edwin, que se había mantenido en silencio y cabizbajo en todo momento, bajó lentamente la escalinata y se acercó al ataúd sin mediar palabra; posó una mano sobre el hombro de Audrey y la alentó a entrar en la casa donde entrarían también a su padre para que fuera velado por dos días. Audrey sin apartar la mirada de su padre, soltó su abrazo inerte y accedió. Viendo así como cuatro hombres vestidos de negro, empezaban a cargar el ataúd hacia el interior.

Capítulo 19

Soledad

Los dos días de velatorio se hicieron muy largos para todos los ocupantes de la casa, Lord Anthon había sido un hombre muy querido tanto por su familia como por sus sirvientes, y todos aquellos que lo habían conocido sólo tenían palabras de elogio para él.

Chatsworth House permaneció durante ese período más oscura y apagada que nunca, todas las cortinas se corrieron y todos los espejos fueron tapados con telas negras, así como los retratos en los que aparecía el difunto Duque. A pesar del ir y venir de parientes y conocidos para presentar sus respetos a las hermanas, éstas se sentían más solas y devastadas que nunca, permanecían calladas alrededor del féretro sentadas en los sillones con largos velos negros y acompañadas únicamente por la Baronesa viuda que se mostraba de lo más acongojada, no sólo por la muerte de una buena persona, sino por la reciente orfandad de las niñas; porque sí, a pesar de que su madre siguiera viva, la Baronesa viuda tenía ya la suficiente edad como para comprender que esa mujer nunca había ejercido de madre para esas criaturas ni nunca lo haría; ni tan sólo estaría presente durante el entierro puesto que le interesaba más permanecer en la corte que volver a su hogar.

—¿Y mamá? —preguntó una pequeña Liza arropada en la falda de la Baronesa de Humpkinton. La pequeña no tenía edad para estar en el velatorio, pero nadie en toda la residencia pudo convencerla de lo contrario, pareciera que la menor quisiese permanecer al lado de su padre por si éste despertaba.

—Ha mandado una misiva y nos ha informado que regresará tan pronto las obligaciones de palacio se lo permitan pero que su corazón está aquí y no allí —respondió Audrey con una voz seca como sus ojos, ya no le salían lágrimas. Desde que se enteró de la noticia no había hecho más que llorar y gritar de frustración.

—¡Já! Su corazón está aquí... ¡seguro! —espetó Karen, que era la única de las hermanas que llevaba el velo levantado pudiendo así apreciar sus ojos hinchados y enrojecidos por las largas horas de sufrimiento.

—Karen por favor bájate el velo, sabes que es un mal augurio que una mujer lleve el velo levantado delante...delante...—iba a decir difunto, pero Elizabeth no pudo terminar la frase puesto que era la única que seguía derramando lágrimas como si su gran corazón estuviera lleno de un manantial infinito.

—Papá era lo único que teníamos y lo único que tendremos, no habrá nadie como él en nuestras vidas —agregó Georgiana al mismo tiempo que se levantaba y depositaba un cálido beso en la frente de su amado padre a través de la tela opaca que cubría su rostro.

Edwin, que aún no se había ido dado a que su papel como tutor se lo impedía hasta que el abogado de la familia proclamara el nuevo tutor de las damas, entró en la sala acompañado de los tíos y primos de las presentes. Era la hora, debían cargar el ataúd hasta la capilla familiar donde se ofrecería una misa en nombre del antiguo Duque de Devonshire y luego sería enterrado en el panteón de los Cavendish.

Audrey empezó a andar detrás de los hombres que portaban a su padre junto a sus hermanas y algunas tías y primas que apenas conocía. Estaba destrozada y desolada, sentía que en cualquier momento su cuerpo se rendiría al dolor y moriría —pero al ver las caras de sus hermanas, tan jóvenes y tan solas— se llenaba de entereza y coraje. Debía luchar y mostrar firmeza ante sus menores, para que así pudieran reconfortarse en ella. Y aunque el pozo de las lágrimas amenazó en derramarse otra vez durante el entierro, se reprimió y dedicó todos sus esfuerzos en abrazar y consolar a las demás.

Lord Seymour mantenía un semblante serio y respetuoso, tenía que reconocer que la muerte de ese caballero también le dolía, a pesar de haberlo conocido poco ese señor confió en él hasta el punto de dejarle al cuidado de sus cinco hijas durante siete días. No podía negar que estaba preocupado por el futuro de las jóvenes, a pesar de que por nada del mundo retrasaría su vuelta a Somerset, había cogido cierto cariño a esas damas. Sobre todo a la pequeña Liza que se veía tan indefensa y frágil sentada en el regazo de Audrey; la cual reflejaba una integridad digna de admirar. *"Es una mujer fuerte"*, pensó Edwin pero algo lo sacó de sus pensamientos, cuando vio que la joven en cuestión centraba su atención en un hombre larguirucho y de pelo rojo sentado al lado de otro muy similar a él pero ya entrado en años.

Una vez finalizado el entierro, todos los familiares se despidieron de las jóvenes damas dedicándoles palabras de apoyo y de sentimiento, excepto los dos pelirrojos que se mantenían firmes en el lugar dispuestos a seguirlos hasta Chatsworth House de nuevo. Edwin se mantuvo en silencio detrás de los parientes hasta llegar al vestíbulo.

—Primo Austin, tío David —empezó Audrey con un tono de voz lleno de falsa cordialidad mientras ordenaba a las doncellas llevar a sus exhaustas hermanas a sus recámaras—. Ha sido un placer verlos después de tantos años, lamento que haya sido en tan tristes circunstancias, supongo que ser Barón exige mucho trabajo —finalizó lo más fría posible a pesar del puño que le oprimía el corazón. Su tío no era más que un Barón y su hijo ni siquiera podía ser considerado caballero por el bajo rango que ostentaba su progenitor. Padre e hijo se miraron entre sí, un poco contrariados, puesto que esperaban que todas las damas ya se hubieran retirado débiles y cansadas, pero Audrey Cavendish se mostraba entera y más fuerte que nunca ante ellos.

—Lamentamos profundamente la muerte de su padre —respondió Austin lo más rápido que pudo—. Ahora si nos disculpa, quisiéramos hablar con Lord Seymour a solas —Edwin levantó la cabeza de su copa de coñac sorprendido y expectante a la reacción de Lady Cavendish, que como bien sabía, no se retiraría sin más.

Audrey sintió como si la rabia y el orgullo la llenaran de una energía y fuerza inexistentes puesto que había pasado las últimas cuarenta y ocho horas sin dormir ni comer, ¿creían que no sabía que su desconocido primo, sería probablemente el próximo Duque de Devonshire? Sólo faltaba la lectura del abogado para confirmarlo, pero él junto a su padre ya se creían los dueños del lugar, pero no; iban a saber quién era Audrey Cavendish. Cuando los hombres ya se disponían a darle la espalda en dirección a su tutor temporal, con la voz de una Reina pronunció:

—No creo que sea adecuado que hablen a solas con nuestro tutor hasta que el abogado confirme que Austin, perdone si no le concedo todavía el título de Lord puesto que aún es hijo de un Barón, es el nuevo Duque de Devonshire. Hasta ese momento, como hija del antiguo Duque yo soy la dueña de Chatsworth House y no les conviene enfadarme si no quieren que avise a mis lacayos para que los saquen inmediatamente.

Los dos hombres se quedaron atónitos y desencajados ¿de verdad era una mujer? ¿o era un hombre disfrazado de dama? ¿o peor aún, se habría puesto el espíritu de Lord Anthon dentro de ella? El semblante de Lord David se empezó a enrojecer de la rabia y se acercó de forma amenazante hacía Audrey obviando que Lord Seymour también empezaba a andar hacia ellos.

—No sabía que mi hermano hubiera criado a hijas tan desvergonzadas, quizás necesites una lección —amenazó alzando el mano dispuesto a propinarle una bofetada a su sobrina, la cual apenas conocía; pero el brazo de Edwin fue más rápido y de un solo movimiento interceptó al Barón que no se esperaba su intervención. El teniente le dirigió su mirada más inquietante haciendo retroceder al agresor dos pasos de forma inconsciente.

—Será mejor que se mantenga alejado de mi protegida hasta que el abogado haga acto de presencia, que según me han informado, será a las cinco de la tarde. Hasta ese momento les agradecería que esperaran en la casa de invitados —y sin esperar a la respuesta de los visiblemente ofendidos intrusos, mandó al servicio para que los acompañaran al pequeño edificio que se encontraba a unos metros de la mansión principal.

Cuando los dos hombres con amenazas y perjurios salieron de la casa, Audrey se permitió derramar las lágrimas que durante tanto tiempo había reprimido.

—Gracias —agradeció Audrey con los ojos llenos de lágrimas.

—No hay de qué —contestó desganado Edwin dirigiéndose a la sala de bronce para poder seguir con su copa de coñac tranquilamente. Pero la tranquilidad aún no le llegaría puesto que Audrey lo siguió y se sentó a su lado sin emitir palabra. Se sentía incómodo viéndola llorar a su lado, no sabía cómo actuar, lo sentía por ella, pero él poco más podía hacer.

—Si esperas que te dé un abrazo o te diga alguna frase de consolación puedes ir en busca de la Baronesa viuda o de alguna doncella —declaró el caballero mientras miraba hacia el exterior ahora que ya habían abierto las cortinas. A lo que Audrey le dirigió una mirada desaprobatoria, pero poco le importaban ya los principios o los modales de ese indeseable.

—En realidad yo lo he seguido para pedirle consejo, ¿qué puedo hacer Lord Edwin? Tengo a mis enemigos a punto de adueñarse de todo lo que es mío, si no hago algo rápido se quedarán con todo y además mis hermanas quedarán a su merced.

—Seguro que su padre ha dejado alguna propiedad para su madre en la que puedan vivir bajo la tutela de la misma, que es lo más seguro que pase, con lo único que se quedaran esos dos será con el título y la mansión —informó Edwin.

—Es cierto —dijo Audrey dejando de llorar y calmándose un poco, a lo que Edwin la miró de reojo y pensó que por fin se quedaría tranquilo. Pero con un movimiento impulsivo la joven dio un salto y frunció el ceño mientras lo miraba como si a él le importara lo que iba a decir.

—¡Pero no Lord Seymour, eso es peor! Si quedo bajo la tutela de mi madre me casará con ese come salchichas alemán de Ernesto y me alejará de todo cuanto amo: mi Inglaterra, mi Chatsworth House, mis hermanas...—empezó a relatar mientras el caballero la miraba con una expresión difícil de descifrar.

—Francamente querida, todo eso no me importa, cuando el dichoso abogado llegue volveré a mi propiedad. Lo que pase con la tuya no es de mi interés —y dicho esto, se levantó dejando la copa vacía en la mesita.

Audrey no podía creer que el único hombre al que habría llegado aceptar en matrimonio le diera la espalda en ese momento, y pensar que lo había dejado tocar su cuerpo, que le había besado... llena de rabia, de frustración y agotamiento físico y mental cogió la copa vacía y la estampó a dos centímetros de la puerta por donde estaba saliendo Lord Seymour, pero éste ni siquiera se inmutó y siguió su camino.

Capítulo 20

A mi primogénita

Audrey se frotaba las manos con ímpetu delante del reloj de péndulo que se encontraba en la sala de invitados, como si mirar fijamente ese instrumento acelerara el tiempo de alguna forma, todos los empleados de la casa se mostraban preocupados por su Señorita al verla tan angustiada y sin querer comer, no comía desde hacía dos días, y ya le empezaba a pasar factura.

La Baronesa viuda entró en la sala con el semblante acongojado de ver a una muchacha casadera en semejante situación en lugar de estar preparando con ímpetu la temporada social que estaba dando ya sus inicios, la joven debería de guardar luto al menos un año; hecho que le imposibilitaba hacer cualquier presencia social, ¿qué sería de ella ahora?

—¿Puedo sentarme? —preguntó la Baronesa haciendo que Audrey apartara la vista por un segundo de los minuteros.

—Oh, sí claro Baronesa, disculpe no la había escuchado entrar —repuso estirándose ya que al verse sola había relajado en demasía la columna.

—Llevas dos días sin comer, necesitas alimentarte, empiezas a estar delgada —empezó la viuda con delicadeza.

—Si le hablo con sinceridad, no tengo interés en la comida ahora mismo, sólo quiero saber que será de mí y de mis hermanas Señora Royne —contestó dirigiéndose a la Baronesa por su apellido.

—Una Señorita no debería de preocuparse por esas cosas, para eso están los tutores; más bien debería preocuparse en cómo poder casarse ahora que no puede presentarse a la nueva temporada. Debe aceptar que somos propiedad de los hombres —explicó la octogenaria, pero lo que no sabía es que el fuego interior de

Audrey aspiraba mucho más alto que a ser una simple propiedad.

—Debo discrepar de usted, es cierto que la aprecio por el apoyo que nos ha brindado siempre, pero no comparto sus ideas en absoluto; no soy propiedad de nadie, sino que esto — movió las manos queriendo abarcar el salón—. Es mi propiedad y no se la voy a regalar a nadie y mucho menos a esos bien aprovechados —la Baronesa se mantuvo en silencio y meditó las palabras de la joven con semblante serio.

—El Sr. Abraham ha llegado —anunció de pronto el mayordomo haciendo que Audrey se levantara de un salto para iniciar su camino hacía el despacho donde el abogado leería el testamento, pero la anciana la cogió por la mano y la detuvo.

—Espera, necesitarás mi ayuda para entrar en ese despacho, ¿o acaso crees que es costumbre que las jóvenes hagan acto de presencia en la lectura de un testamento? —y dicho esto la anciana se levantó con la ayuda del bastón ante el gesto sorprendido de Audrey y juntas se dirigieron hacía el despacho que, como habían supuesto, ya estaba ocupado por los hombres afectados: Edwin como tutor de las jóvenes y los futuros herederos del título.

La Baronesa cogió por el brazo a Audrey y la estiró hacía el interior de la sala sin pedir permiso ante la expectante mirada de todos los presentes que, por supuesto, la Sra. Royne ignoró hasta llegar a una de las sillas que quedaban justo delante del abogado, el cual saludó a las damas con el máximo respeto.

—Siéntate aquí querida —dijo pareciendo más anciana que nunca al mismo tiempo que ejercía presión sobre el cuerpo de Audrey para que se sentara—, yo me sentaré en aquellos sillones, mis piernas no aguantan las sillas ya —cojeó un poco más de lo normal hasta llegar al sillón y sentarse apoyando las dos manos al bastón enfrentando por primera vez las miradas desaprobatorias de padre e hijo.

—¿Algún inconveniente señores? —inquirió la viuda.

—Solo que no es costumbre que una joven esté presente en estos momentos —respondió el Barón en tono respetuoso pero crispado.

—¿Y qué sabrá usted de las costumbres caballero? Si cuando usted nació yo traía al mundo a mi segundo hijo, el cuál murió en la guerra contra el francés al igual que el primero, quedando así sola en este mundo, ese francés se lo llevó todo, también a mi marido... desde entonces sólo he tenido la compañía de la Duquesa de Devonshire, que me ha hecho prometer estar aquí presente durante la lectura del testamento de su difunto marido. Mi ahijada ha venido conmigo porque mis facultades ya no son las mismas, verá la rodilla...

—Está bien, está bien, haga usted el favor de perdonar mi error querida madre —intervino David temeroso de seguir escuchando a la madre y viuda de unos héroes de guerra, girándose hacía el abogado con la espera de dar por terminada la conversación. La Baronesa guiñó el ojo a Audrey que aún la miraba con admiración y agradecimiento puesto que sabía que era totalmente mentira que su madre hubiera pedido tal cosa.

—Bien, entonces estando presentes el tutor de las hijas de Lord Anthon Cavendish, así como el siguiente en la sucesión del Ducado, procedo a leer el testamento que firmó el antiguo Duque —empezó el bajito y delgado abogado con un tono de tristeza puesto que había servido a Anthon durante muchos años y sólo había conocido de él cosas buenas. Audrey miró al abogado con mirada intensa sin querer perderse ninguna palabra y después de unos largos minutos de burocracia la sentencia empezó:

—A mi amada esposa, le dejo las casas de Brighton y de Kensington, así como una renta anual de mil libras —el abogado hizo una pausa mirando a la Baronesa por si había entendido bien a lo que esta afirmó siguiendo su papel de portavoz de la Duquesa viuda de Devonshire.

—A mi querida hija Elizabeth, le concedo una dote de quince mil libras junto a la casa de la playa en Minehead y las tierras adheridas a ésta, así como una carta que el Sr. Abraham le hará entrega cuando cumpla los dieciséis años.

—A mis dos mellizas, Karen y Georgiana, les concedo de igual forma una dote de quince mil libras a cada una, así como las propiedades y terrenos situados en Bath. También se les hará entrega de una carta en su decimosexto cumpleaños.

—A mi pequeña Liza, le concedo una dote treinta mil libras y una de las casas en Londres situada en Hampton, así como un escrito que le deberá ser entregado a la misma edad que a sus hermanas.

—El resto de mis propiedades, tierras, negocios, empresas, almacenes y fábricas se las dejo a mi primogénita, Audrey Cavendish; así como la tutela de sus hermanas, debiendo permanecer en Inglaterra hasta la mayoría de edad de todas y cada una de ellas bajo la supervisión de la Baronesa viuda de Humpkinton tal y como acordé con ella en el siguiente contrato —leyó el abogado al mismo tiempo que hacía entrega de un documento a Audrey, la cual aún no podía creer que su padre le hubiera dejado todo a ella en lugar de a su madre. Con toda la concentración que pudo reunir, leyó ese contrato en el que la Baronesa viuda se comprometía a supervisar la tutela de las hijas menores de Lord Anthon concedida a su primogénita, con la condición de poder hacer partícipe a quien fuera necesario de un mal uso de ese cargo por parte de Audrey si ésta lo creía conveniente. Audrey estuvo conforme y giró la cabeza hacía la Baronesa agradeciéndole con la mirada puesto que sin ella hubiera sido improbable que, a pesar de la voluntad del antiguo Duque, se pudiera quedar sola con sus hermanas.

—En cuanto al Ducado de Devonshire, adjunto la misiva que Su Alteza Real, la Reina de Inglaterra, me mandó en respuesta a mi solicitud...—intentó proseguir el abogado, pero un alterado David se levantó de la silla para coger dicha misiva ante la mirada de todos los presentes, incluida la de Edwin, que ya estaba celebrando en su interior la vuelta a Somerset.

—¡Esto es inaudito! ¡Esto es un insulto! ¡Mi hijo es el Duque de Devonshire ahora! ¿Esto qué significa? —exclamó furioso el Barón a lo que el abogado visiblemente ofendido volvió a coger la carta de entre sus manos.

—Esto, señor, es la voluntad de Su Alteza La Reina —contrapuso el Sr. Abraham haciendo callar de inmediato a David si no quería ser acusado de traición y desacato.

—¿Puede usted leer la misiva letrada? —animó la Baronesa.

—Por supuesto —se aclaró la garganta—. Estimado Lord Anthon Cavendish, en base a sus reiteradas solicitudes para que conceda el Ducado de Devonshire a su primogénita, que según parece, es muy similar a mí en muchos aspectos y no sólo en el de querer triunfar en un mundo de hombres; debo negarle dicha petición basándome en la Constitución de Inglaterra a la que soy y seré fiel hasta el fin de mis días. Sin embargo, en cuanto usted nos deje, para tristeza de todos nosotros, concedo un plazo de un año para que su hija engendre un varón con un noble caballero inglés. Entonces, dicho varón sería el Duque de Devonshire bajo la tutela de su madre y de su padre hasta su mayoría de edad en la que podrá ejercer pleno uso y derecho del Ducado de Devonshire junto a sus propiedades. Si pasado el año, Audrey Cavendish no concede un heredero al título, éste pasará en manos del siguiente en la línea de sucesión. Durante este período concedido, el Ducado quedará en manos de la Corona. Yo, La Reina.

Audrey se quedó por un momento paralizada. ¿Su hijo sería el Duque de Devonshire? ¿Pero cómo tendría un hijo en un año? ¿Sería capaz de cargar con todas esas responsabilidades: ¿la tutela de sus hermanas, casarse y tener un varón? ¿Y quién le aseguraba que, a pesar de quedarse embarazada, naciera un niño? ¿Y cómo se casaría sin poder presentarse a ningún evento social debido a su luto? No sabía cómo lo haría, pero lo conseguiría. Su padre se lo había dejado todo en sus manos, ahora le tocaba a ella responder en consecuencia.

Capítulo 21

Un plan

Todo, absolutamente todo, había dejado el Duque de Devonshire a Audrey Cavendish, todo lo que le pudo dejar. Tal era la confianza de Lord Anthon con su primogénita que le había confiado el cuidado de sus hermanas menores por encima de su propia madre. Además de las empresas y negocios, destacando entre ellos el de la fábrica y tienda de perfumes y lociones de afeitar más prestigiosa de Inglaterra. Había pasado de ser una joven dependiente a ser una de las mujeres más ricas del país. Además, si cumplía la condición de engendrar un varón podría dirigir el Ducado de Devonshire hasta la mayoría de edad de su hijo, el cual heredaría el título de su abuelo nada más nacer.

A pesar del enorme agradecimiento que sentía hacia su padre y hacia la Reina no podía obviar el hecho de que seguía teniendo que depender de un hombre para poder cumplir sus objetivos, tenía que casarse en menos de un mes. ¿Pero cómo se casaría si ella misma siempre había jurado no ser la propiedad de nadie? Pero ahora se encontraba con que si quería ser dueña del Ducado debía encontrar a su propio dueño. Ni siquiera tenía tiempo, desde que se había leído el testamento se había dedicado a trabajar duro para ponerse al día de todas las propiedades y negocios, y aún le quedaba mucho trabajo por hacer, así como el de tener que ir a todas y cada una de sus casas, almacenes, fábricas y tiendas; aunque no era una obligación, se había propuesto ver en persona lo que la había convertido en una mujer libre y acaudalada. Si quería ser eficiente, debía conocer bien con qué iba a trabajar, sentada desde el despacho no podría saberlo todo. Podría conformarse en vivir una vida tranquila en una de las tantas mansiones que había heredado cuidando de sus hermanas, pero no regalaría el legado más importante de su padre a unos extraños, y el legado más importante era Devonshire.

Tan sólo habían pasado veinticuatro horas desde la lectura del abogado, pero Audrey ya parecía una mujer totalmente diferente a la del día anterior. A pesar de que el dolor y la tristeza aún estaban reflejados en su rostro, así como el negro de su vestido apagaba su mirada, transmitía una fuerza arrolladora. La joven se encontraba en el despacho firmando y revisando algunos documentos que requerían de su atención, debía de agradecer enormemente haber estudiado tanto durante esos días puesto que ahora le estaba siendo de utilidad. Aun así, lo primero que haría al cambiar de residencia, sería buscar a un profesor que le ayudara en todo aquello que le faltaba por saber. Sería la dama perfecta en todos los sentidos y no sólo en el de agradar a la sociedad, por descontado al resto del mundo explicaría que había puesto a un capataz al mando de todo; ocultando que en realidad sería ella misma quien lo organizaría. La sociedad inglesa no toleraba que una dama de alta alcurnia dirigiera un negocio y mucho menos decenas, así que ese sería su secreto mejor guardado.

Se trasladarían en dos días a la casa de campo de Bath lejos, por el momento, de las habladurías que seguramente el hecho de que Lord Anthon confiara más en su primogénita que en su esposa para la tutela de sus hijas levantaría. Nadie osaría hablar mal de Audrey, no sólo por su intachable reputación, sino por el dinero que ahora poseía; en Inglaterra podías presentarte con un ciervo en la cabeza mientras tuvieras dinero. Sin embargo, la Duquesa Viuda, Elizabeth Cavendish, no lo tendría fácil y mucho menos estando en la Corte de la cual pronto despedirían —con mucha educación— ahora que ya no era la mujer de ningún político ni tenía posición. Por una parte, Audrey temía la reacción de su madre, pero rezaba para que se retirara a una de las casas que papá le había dejado lejos de ellas.

Ahora, las hermanas Cavendish, se habían convertido no sólo en las beldades que debutarían en sus correspondientes temporadas sino en damas ricas con abundantes dotes. Sólo había un inconveniente, Audrey Cavendish ya no asistiría a ninguna otra temporada puesto que debía casarse de inmediato y tenía prohibido presentarse a cualquier acto social. En realidad, en el fondo, ahora que debía casarse a la fuerza, preferiría hacerlo con Lord Edwin Seymour en lugar de con cualquier desconocido caballero, pero ¿la aceptaría Edwin o ya sería demasiado tarde?

Audrey salió del despacho para comprobar que el resto de las Cavendish habían empezado a preparar las maletas, en sentido figurado claro. Puesto que eran las doncellas las que se encargaban de ese trabajo, para marcharse temporalmente de Chatsworth House hasta que la Corona les devolviera la propiedad al certificar que ya había nacido el heredero. Pero no llegó al ala sur porqué la Baronesa viuda la interceptó y la hizo entrar en su recámara.

—Baronesa, ¡qué agradable sorpresa! Aún no he podido agradecerle todo lo que ha hecho por nosotras, le estaré eternamente agradecida. A decir verdad, no esperaba que profesara un sentimiento tan profundo hacía nosotras —agradeció Audrey con la columna recta y la barbilla levantada.

—Como dije ayer en ese despacho, desde que todos los hombres de mi casa murieron, lo único que he tenido es vuestra compañía y, sinceramente querida, prefiero mantenerme a vuestro lado que recluirme sola en la casa de Humpkinton —a lo que Audrey asintió mostrando su conformidad ante tal declaración—. Pero hay algo que me preocupa y es tu obstinación en mantener este Ducado en tu familia. Accedí a ser la supervisora de tu tutela porqué yo misma no confío en tu madre, a pesar del gran afecto que le profeso, pero no estoy nada de acuerdo en que te hagas cargo de un Ducado puesto que tu hijo no lo podrá hacer hasta su mayoría de edad; sin contar, que ya tienes mucha responsabilidad ahora, quizás demasiada para una mujer; espero que pronto encontrarás el capataz que dirija todo en tu lugar, creo que el mismo que tenía tu padre podría serte útil. Querida, ya has sufrido mucho, céntrate en el cuidado de las pequeñas y disfruta ahora que puedes, olvida el Ducado.

—Baronesa, jamás podré agradecerle todo lo que hace y ha hecho por mí, pero lo que me pide es imposible. A usted debo serle sincera ahora que sé que ya no es tan sólo una invitada sino quizás la abuela que nunca tuvimos. No pretendo dejar el Ducado en manos de esos dos, usted misma vio que clase de hombres que son, ni siquiera son educados, debo casarme y de inmediato. En cuanto al resto de mis responsabilidades, he de decirle que yo misma me haré cargo —la Baronesa esbozó un gesto de desaprobación al escuchar esto último—. Pero, Sra. Royne, ante la sociedad será el antiguo capataz de mi padre quien lo dirija todo.

—Bien, por lo menos que no lo sepa nadie que una dama está trabajando —aceptó la anciana un poco más tranquila.

—Y en cuanto a la educación de las pequeñas, cuento con su ayuda y me será más llevadero.

—Por supuesto, pero sigue habiendo una cuestión que me preocupa, ¿cómo podrás casarte sin asistir a ningún evento? Tengo algunos conocidos a los que podría escribir informándoles de tu disposición en contraer matrimonio. Seguro que no faltarán caballeros que pidan tu mano, no sólo eres bella sino rica y poderosa.

—Verá...Baronesa —inició Audrey saliendo un poco de su postura perfectamente correcta y cogiendo entre sus manos las de la anciana—, he de confesarle que no tengo interés en casarme con ningún otro hombre que no sea Lord Edwin Seymour, futuro Duque de Somerset —confesó Audrey por primera vez, en voz alta, casi sin creer a su propia voz.

—Me parece muy buen partido la verdad, aunque un tanto tosco en modales, en comparación a ti él es muy poco educado, pero es un hombre de palabra y de muy buena posición y honorable linaje. Yo conocí a sus padres cuando éramos jóvenes y eran personas intachables; antes de que se vaya, iré y veré como puedo convencerlo para que pida tu mano —sentenció la Baronesa.

—Sí...en cuanto a eso...ya me pidió la mano hace un tiempo jurándome que nunca más lo haría, pero yo lo rechacé… no creo que me lo vuelva a pedir por mucho que insista —informó la joven apenada.

—Y, por supuesto, no puedes pedírselo tu porque pensaría que sólo lo quieres por interés y ningún hombre quiere casarse con una mujer interesada —pensó en voz alta la anciana.

—Yo tengo una idea —dijo de pronto una voz socarrona que provenía de la puerta.

—¡Karen! ¿No te han dicho que es de muy mala educación escuchar detrás de las puertas? —regañó Audrey mientras Karen pasaba al interior de la habitación cerrando la puerta tras de sí.

—Digamos, que hay otras maneras de contraer matrimonio, por ejemplo... que ambos fuerais sorprendidos en una situación comprometida —explicó Karen con tan sólo catorce años ante la mirada horrorizada de sus tutoras.

— ¡Jovencita! Me parece que hablas demasiado para tu corta edad, estarás castigada durante dos semanas sin...sin... salir a pasear, ni siquiera a la terraza —castigó por primera vez Audrey.

—Espera...—intervino la Baronesa acariciándose la barbilla—. He de reconocer que, aunque esto esté totalmente fuera de mis principios, no es una mala idea. A veces a los hombres hay que darles un empujón cuando su orgullo los domina.

—¡Pero Baronesa! ¡Qué escándalo! No me esperaba nunca esto de usted, ¿de verdad espera que use artimañas para que ese hombre se abalance sobre mí y luego otra persona me encuentre en una situación tan indecorosa?

—Sabía que en el fondo usted era de las mías Baronesa —añadió Karen al mismo tiempo que se sentaba con descaro encima de la cama, llevándose una mirada más que amenazadora por parte de la anciana.

—Piénsalo bien querida, Lord Seymour ya ha ejercido de tutor de las niñas y, a pesar de su poca empatía y su semblante siempre serio, ha conseguido llegar de alguna forma al corazón de la pequeña Liza. Sin obviar que se comportó siempre fiel a su deber. No sólo ya es conocido por nosotras, sino que además sabemos que el interés que tiene por ti es genuino puesto que te pidió matrimonio mucho antes de saber que estarías en esta posición. Si te casaras con otro hombre, nos arriesgamos que no se comporte adecuadamente con tus hermanas y, además, que se case sólo por interés porque eres muy bella, pero mujeres bellas hay muchas y ricas muy pocas. No veo mejor opción que él, en todos los sentidos, y si para eso debemos de utilizar alguna que otra estrategia de mujer... querida, no será la primera ni la última vez que se hace...

Audrey la miró fijamente a los ojos y sospesó sus palabras que, a decir verdad, tenían mucha lógica.

—La única condición que pongo es que nunca se entere de nuestro plan porqué entonces pensaría que sólo lo quiero a mi lado por interés y no entendería que en el fondo...me gusta. ¿Cómo lo podemos hacer? — aceptó Audrey sin saber cómo había caído en eso, pero no se imaginaba casada con ningún otro hombre que no fuera él. Debía ser Lord Edwin su marido, si no, no lo sería nadie...aunque perdiera el Ducado. Por lo tanto, era ahora o nunca, si perdía la partida, aceptaría su derrota y se olvidaría de Devonshire. Pero debía intentarlo, si ganaba, ganaría al hombre que realmente quería y lo que tanto había soñado, el Ducado.

Capítulo 22

Cazador cazado

Audrey esperaba con el corazón a punto de estallar. Se encontraba en su recámara con un camisón de gasa blanco acompañado de una trenza que caía hacía un lado. Como estaba en su habitación nadie le podía recriminar que usara otro color que no fuera el negro para dormir, así que con unas gotas de perfume de magnolias y arreglada para la ocasión, se tumbó en la cama fingiendo un desmayo.

Después de largas discusiones entre ella y sus compinches habían llegado al siguiente acuerdo: la Baronesa viuda llamaría al pastor de la parroquia para que la asesorara en asuntos espirituales, luego Karen iría en busca de Edwin fingiendo una terrible preocupación al haber encontrado a su hermana inconsciente y lo traería hasta la recámara de Audrey donde los dejaría solos; entonces Audrey se las tendría que ingeniar de alguna forma para que el caballero la besara y, mediante la cuerda de servicio, que Audrey estiraría desde la cama con discreción , la Baronesa sabría que era el momento de conducir al párroco hasta el lugar de los hechos con la excusa de aconsejar a su ahijada en esos momentos tan difíciles. Finalmente, cuando la viuda llegara junto al eclesiástico al dormitorio y viera a Edwin besando a la joven, Lord Seymour no tendría escapatoria.

Audrey tenía que repetirse una y otra vez que lo hacía por el bien de todos, incluso por el de Edwin, no podía ser que por su orgullo dejaran perder lo que había entre ellos. Si ella no lo hubiera rechazado ya estarían prometidos, así que no importaba si las circunstancias variaban un poco. Una vez estuvieran casados ya no importaría el método por el cual llegaron a la felicidad.

De pronto Audrey escuchó los pasos cortos de Karen junto a las largas zancadas confiadas de Edwin que venía por el camino murmurando un sin fin de maldiciones como: " nunca me dejaran en paz", " ahora que estaba a punto de salir", " y que me importa a mi si yo ya no tengo ningún deber con esa Señorita..." Pero a pesar de sus quejas no tardó mucho en aparecer en la habitación.

—Mire, ve, ahí está sin moverse —se apresuró a decir Karen mientras señalaba al precioso cuerpo de Audrey envuelto en un simple camisón de gasa blanca que poco dejaba a la vista.

—Pero no entiendo por qué viene a buscarme a mí con tantas doncellas que hay en esta dichosa casa. Yo ya no soy su tutor —contestó un mal humorado Edwin sin saber que era justo lo que la aparente inocente dama estaba esperando que dijera.

—Oh, perdone, creía que seguía siendo nuestro tutor —mintió Karen con una cara infantil e inocente que no iba para nada acorde con ella—, de todas formas, quédese mientras yo voy a buscar a una doncella por favor, me daría miedo que le pasara algo —finalizó cerrando la puerta y dejándolo solo en la habitación, ante la mirada incrédula de Lord Seymour.

¿Qué clase de maldición tenía esa casa que cada vez que intentaba salir algo lo detenía? Se giró de un terrible mal humor hacia Audrey y lo que vio despertó en él su instinto más salvaje y primitivo, ya era más de una semana en abstinencia y, por si fuera poco, la causante de todos sus males de la última semana se le prestaba en frente con una gasa blanca que transparentaba hasta el punto de ver el color de cada una de las partes más íntimas de Lady Remilgada.

Desde que lo rechazó en matrimonio, sólo pudo agradecer haber escapado de la peor de las equivocaciones de su vida; una mujer obstinada y tan ambiciosa no podía ser una buena compañera de vida de ninguna forma. Encima y, por si fuera poco, era la única dama que había conocido que no se quería casar. Pero estaba seguro de que ahora que estaba el futuro de su "amado Ducado "en juego, no tardaría en tirarse a los brazos del primer hombre que pidiera su mano. Seguro que, si antes le llovían las propuestas, ahora le lloverían muchas más al ser no sólo condenadamente hermosa, sino escandalosamente rica. Ahora sí, quien se casará con ella, tenía que coger el paquete entero, con las cuatro hermanas y todo incluidas, ¡já! cinco mujeres en una casa, compadecía al pobre que se casara con ella.

—¿Robert? —murmuró Audrey aparentando confusión.

¿Robert? Maldijo Edwin para sus adentros, ¿acaso ya estaba prometida? ¿con ese cretino de Lord Talbot? ¿Y no tenía suficiente descaro que encima lo confundía con él? ¿Precisamente a él, con ese mequetrefe? Con la rabia supurando por los poros, el teniente se acercó a la cama para que Audrey lo pudiera ver mejor.

—Soy Edwin, ¿acaso te has olvidado de tu dueño? —dijo con evidente sorna para enfadar a la dama y, de alguna forma, vengarse por haberlo confundido con otro; pero lo que no esperaba era que esa despampanante peli negra se removiera entre la gasa dejando entre ver mucho más de lo que debería ver si quería controlar sus impulsos.

Audrey se removió expresamente sabiendo que la tela del camisón cedería dejando sus senos desnudos casi al completo, a pesar del tremendo bochorno que estaba pasando, debía hacerlo, quería a ese hombre para ella y si con eso lo tenía, lo haría.

—¡Ooh!¡Edwin! Ya casi me he olvidado de ti... y de tus besos...—respondió Audrey con voz sugerente intentando parecer estar dentro de un estado semiinconsciente.

Un extraño sentimiento de posesión invadió el cuerpo de Lord Seymour, que no pudo controlar más sus instintos y se abalanzó sobre el cuerpo de Audrey; la excitante visión del cuerpo semidesnudo de su luna junto al atrayente olor de perfume hizo que el vigoroso caballero levantara la cabeza de la dama con una sola mano y la besara con fervor, tan concentrado estaba en su tarea de recordar a la Señorita Cavendish quién era él ,que no se percató de que la pequeña mano de la dama se deslizaba hasta la cuerda de servicio y daba un pequeño tirón de ella.

—Baronesa, tal y como me ha pedido que lo hiciera, le informo que la Señorita Audrey ha llamado al servicio hace breves instantes —informó una doncella al oído de la Baronesa.

—¡Oh, querida, otra vez se ha desmayado! Es que no come nada desde el fallecimiento de su padre —exclamó de pronto la anciana ante la desconcertada mirada de la empleada que no entendía nada—. Venerable pastor, ¿sería tan amable de acompañarme a la recámara de mi ahijada para que la pueda aconsejar y asesorar en los asuntos de la muerte?

—Por supuesto, es mi deber ayudar en estos casos —contestó un señor de toga negra entrado en años y un poco rechoncho.

Sin más dilación y con miedo a perder la oportunidad, la Baronesa acompañó al párroco hasta la habitación de Audrey donde abrió la puerta sin tocar.

—¡Qué escándalo! ¡Lord Seymour! — gritó la Sra.Royne al ver, que efectivamente, el plan había sido todo un éxito y que Edwin estaba encima de Audrey besándola con fervor.

Edwin se detuvo en seco, se apartó de una Audrey que ya parecía totalmente recuperada y se levantó con el semblante serio sin emitir palabra mientras escuchaba la reprimenda del pastor y de la Baronesa. Mientras los dos ancianos hablaban decidió sacar un cigarrillo de la cajita de metal, que siempre lo acompañaba, y sentarse en una de las sillas de la estancia con expresión de total despreocupación como si las palabras del pastor no fueran dirigidas a él. Audrey permanecía con la cabeza gacha y la sábana por encima de su cuerpo observando a su futuro marido con cierta vergüenza y remordimiento

—...Es evidente, que la Señorita no tiene ninguna culpa de lo sucedido aquí, puesto que según he sabido se encontraba indispuesta; más bien ha sido usted caballero, que, si me lo permite, ha sido tentado por el diablo para sucumbir a los deseos carnales y con ello, pecar. Por eso exijo que se responsabilice de sus actos y dé a esta noble dama el derecho que le corresponde —dijo el pastor terminando uno de sus tantos largos y tediosos discursos, esperando una respuesta por parte de Edwin que se dio por aludido por el largo silencio que se había producido.

—Oh, eh...sí por supuesto —empezó Edwin dando una corta calada al cigarro —. Me casaré con la Señorita Cavendish.

—No esperaba menos del heredero de un linaje tan intachable y noble como el suyo Lord Seymour, el futuro de Somerset no podría quedar en mejores manos que el de un hombre que responde ante sus actos y ante su Señor todo Poderoso. A cambio, yo no diré ni una palabra de lo que he visto hoy aquí y estaré encantado de oficiar la ceremonia entre usted y la Señorita Cavendish...

—Deberá de trasladarse a Somerset para oficiar la boda señor —interrumpió de forma abrupta, Edwin, mientras se levantaba dispuesto a salir de la habitación.

—¿A dónde va Lord Seymour? Tenemos muchas cosas de las que hablar: el día de la boda, donde se celebrará, los invitados...—la detuvo la Baronesa.

—De aquí a dos semanas en mi palacio de Somerset, ningún invitado —contestó Edwin de forma seca y tosca saliendo de la habitación y, probablemente, de Chatsworth House.

Una vez el eclesiástico también abandonó la residencia habiendo dejado todo en orden, la Baronesa se acercó a una compungida Audrey que seguía envuelta en la sábana en el mismo lugar que su futuro marido la había dejado.

—¿Qué te pasa niña?

—Ni siquiera se ha despedido de mí... sé que es un tanto abrupto, pero ha decidido todo él solo en cuanto a la boda sin ni siquiera preguntarnos o preguntarme si estaba de acuerdo, y además parecía enfadado e infeliz. Si no quiere casarse conmigo, ¿por qué me ha besado o por qué me lo pidió en esa ocasión? —preguntó Audrey sintiéndose en confianza con la Sra. Royne.

—Oh, dulce joven, a los hombres no les gusta ser cazados sino ser cazadores. Lo importante es que os casaréis y todo este suceso quedará en el olvido, ya lo verás.

—Eso espero Baronesa, eso espero...—dijo Audrey en un tono dubitativo.

Capítulo 23

Hermanas

Tan sólo dos días después de la lectura del testamento, todo el equipaje estaba listo para emprender el viaje a Bath, las damas ya se encontraban en el vestíbulo en espera de Audrey para emprender el viaje que sería costoso, al menos dos días.

Audrey parecía no querer irse a pesar de que sabía que debía hacerlo, ya no sólo por el deber de dejar la propiedad en manos de la Corona sino por el inminente matrimonio; de hecho, era una estupenda casualidad que Bath quedara tan cerca de Somerset, así podría ir preparada desde ahí hasta el palacio de Edwin el día de su boda y, quizás, su prometido la cortejaría un poco ni que fuera tan sólo durante dos semanas.

Según la Baronesa, al menos para que se viera el matrimonio un poco decente entre tanta prisa y en medio del luto, Edwin debería hacerle entrega de un anillo de compromiso durante una cena tranquila e íntima con los más allegados. La Sra. Royne le había prometido a Audrey que tendría su noche de compromiso, pero la futura novia no estaba tan segura conociendo un poco al que sería su marido. Era un hombre de lo más ambiguo y totalmente despreocupado de la etiqueta y del decoro. Pero, por otro lado, no era ningún holgazán ni vividor. Al contrario, era trabajador y leal así que deicidio no pensar en ello y terminar de organizar algunos asuntos en la casa que ya no sería suya por un año.

—¡Vámonos de una vez Audrey, estamos cansadas de esperar aquí! —exclamó de pronto Karen al ver que su hermana sólo daba vueltas por la mansión y no se decidía a partir.

—Audrey, si todo sale según lo previsto, volveremos aquí en un año o incluso antes, deja de despedirte de cada rincón como si no volviéramos jamás —se aquejó la Baronesa al ver a Audrey tan preocupada por dejar el lugar que había sido su hogar toda su vida. Eran muchos cambios para la joven: la ausencia de su padre, la recién adquisición de todos los negocios y propiedades, la responsabilidad de sus hermanas y, además, ahora, el compromiso. Era sorprendente como podía cambiar la vida de una persona de la noche a la mañana, obligándola a adaptarse cual camaleón al color.

Audrey se dirigió al vestíbulo con expresión compungida mirando a sus cuatro hermanas vestidas para el viaje con tonos oscuros al igual que ella, que vestía un traje bien cerrado de color negro intenso. Se juró a sí misma no defraudarlas ni a ellas ni a la voluntad de su padre. Ese día partía de Chatsworth House con el corazón oprimido, pero volvería a esa casa hecha una mujer demostrando a toda Inglaterra quién era Audrey Cavendish.

—Me da un poco de miedo viajar después de lo que le ocurrió a padre durante el trayecto, ¿y si nos asaltaran esos forajidos? —preguntó Elisabeth a voz baja para no asustar a las más pequeñas, a su hermana mayor cuando ésta ya estaba dispuesta a salir por la puerta.

—No te preocupes Bethy, lo tengo todo controlado, ¡nos vamos pequeñas! —cargó a Liza en brazos y salió por la puerta que Bruce, con un fajín negro, abrió con cara de tristeza por la partida de las Señoritas de la casa. Cuando salieron por la puerta no se esperaban lo que vieron, los empleados más allegados se encontraban ataviados de luto, formando un pasillo hasta llegar al carruaje. Y a medida que las damas iban pasando, todos sin excepción bajaban la cabeza en señal de respeto. Cuando llegaron al final, encontraron a la Sra. Poths junto a su hijo.

—Todos queremos que volváis pronto, os echaremos de menos —dijo una Sra. Poths emocionada ataviada con una cofia negra—, no tendremos jamás un señor al que servir cómo el que fue su padre Señorita Audrey por eso, sería un honor seguir sirviendo a la familia Cavendish.

A pesar de que las damas llevaban consigo a sus doncellas, el servicio principal como los cocineros o mayordomos debían de quedarse en la propiedad, era una de las condiciones expresas al dejar el Ducado.

—No le quepa la menor duda Sra. Poths que volveremos. De mientras, cuide de nuestra casa —dijo Audrey con una sonrisa cariñosa y, con un leve asentimiento de cabeza, se dispuso a subir al carruaje. Mientras el resto de las hermanas se despedían del servicio, Audrey colocó a la más pequeña dentro de uno de los tres carruajes; lo había preparado todo ella sola por primera vez, partirían con tres carrozas: en la primera estarían ella, Liza, Georgiana y Karen mientras que en la segunda viajarían la Baronesa y Elizabeth junto a la Srta. Worth y Alicia. Por último, en la tercera irían el resto de las empleadas. Había hecho sacar de los vehículos cualquier emblema de su familia para que así parecieran simplemente damas adineradas y no llamaran la atención de aquellos hombres que odiaban a cualquier persona emparentada con la realeza, así como había hecho rodear a los carruajes por hombres a caballo que, a simple vista podían parecer simples ciudadanos a pie o familiares de las damas, pero en realidad eran lacayos armados.

Una vez se aseguró de que estaban todas sentadas, dio dos golpes al techo para indicar al paje que iniciara la marcha. A medida que se iban alejando, todas las Cavendish miraban con expresión melancólica por la ventana los largos y anchos jardines en lo que habían jugado tantas veces con su padre o aprendido a cabalgar.

—¿Qué te pasa Liza? —preguntó Georgiana a la pequeña que empezó a derramar silenciosas lágrimas provocando que todas las presentes se giraran hacía ella.

—Me acuerdo de papá... y estoy preocupada por si no nos encuentra cuando decida volver, como ya no estaremos en casa...—dijo Liza totalmente desconectada con la realidad a lo que sus tres hermanas mayores se miraron entre sí con preocupación.

—Ven, Liza abrázate a mí —ofreció Audrey cogiendo a la pequeña por los brazos y recostándola en su regazo— Papá no volverá a casa, ¿pero sabes dónde está? —la niña negó con la cabeza—. Aquí, en tu corazón y en el mío, y en el de Karen y de Georgiana, así como también en el de Bethy. Papá está y estará en nuestros corazones, así como lo está Chatsworth House.

El trayecto fue agotador para todas las damas que no estaban acostumbradas a viajar, gracias a Dios, no hubo ningún percance a pesar de haber tenido que parar una noche entera en una posada. Tuvieron suerte de la compañía de los lacayos que en todo momento les procuraron comodidad y seguridad dentro de lo posible. Cuando llegaron a la mansión de Bath quedaron maravilladas, nunca habían estado y tenían que reconocer que era preciosa. Audrey se prometió a sí misma ir a ver a todas sus propiedades, no podía ser que no supiera ni la apariencia que tenían. Como llegaron sin emblema, el mayordomo de la casa —que no recibía la visita de sus señores desde hacía mucho— salió un poco contrariado, pero cuando vio a Audrey descender, en seguida hizo la reverencia oportuna y dio la bienvenida a su nueva Señora. Por supuesto, y a pesar de la distancia de todas las casas y negocios, cada uno habían recibido la notificación de quien era la nueva dueña.

—Bienvenida Señora, mandaré a preparar la habitación principal de inmediato —agasajó el sirviente mientras Audrey pasaba al vestíbulo con moqueta verde y grandes espejos. La dueña empezó a pasear por la casa acompañada del mayordomo; debía reconocer que era un tanto pequeña en comparación a la anterior, pero no le faltaba grandiosidad, las paredes estaban repletas de grandes espejos y candelabros, así como las estancias ostentaban muebles lujosos con nácar. Se sorprendió al ver que en la sala principal había un retrato suyo bastante reciente.

—¿Y esto? —preguntó Audrey al mayordomo señalando a su retrato.

—Tenemos la tradición de poner el retrato del señor de la casa en el salón principal mi Señora —contestó el joven mayordomo cuadrándose.

—Es usted un poco joven para ser mayordomo, ¿cuál es su nombre? —comentó Audrey, observando al hombre que si bien ya pasaba los treinta. Tenía que reconocer que era apuesto, era completamente rubio con los ojos verdes y bastante corpulento; no era costumbre que los empleados fueran jóvenes para evitar situaciones indecorosas en la casa.

—Mi nombre es Robert Smith Señora, mi padre era el antiguo mayordomo. Al morir, el Sr. Cavendish me dio el puesto —respondió el bello mayordomo mirando al frente con una banda negra en el brazo, todos los empleados por lo visto llevaban el luto de su antiguo señor de alguna forma u otra.

—Está bien. Como sabrá, hemos sufrido mucho por las recientes revueltas, ¿la casa es segura?

—Señora, tenemos algunos guardias alrededor de la propiedad, pero ahora que están aquí deberíamos reforzar la seguridad.

—Entonces que se refuercen las medidas, he traído algunos lacayos que os podrían ayudar.

—Sí Señora.

— Y preparen las habitaciones para mis hermanas, la Baronesa y el resto del servicio que he traído.

—Sí Señora.

—Es todo, gracias Sr. Smith —indicó Audrey deseando quedarse a solas por unos instantes. Cuando el mayordomo abandonó la sala presuroso de cumplir las órdenes se sentó en uno de los sillones y miró su retrato.

¿Sería igual en todos sus salones? Tanta gente dependía de ella ahora y su padre había dejado un listón tan alto... debería trabajar muy duro para seguir dando de comer a todos sus empleados y mantener todo como hasta ahora. Se levantó y, una vez se aseguró que sus hermanas ya estaban instaladas, mandó a ensillar un caballo y cabalgó por toda su propiedad. Era bastante extensa y tenía un arroyo en el que podía llevar a las pequeñas a pasar alguna tarde. Cuando volvió a la residencia ya pasada la hora de la comida se encontró con una discusión entre Karen y Georgiana por una misma habitación, situación que resolvió poniéndolas a las dos juntas en otra, así aprenderían a no ser tan egocéntricas y caprichosas.

—Sra. Jenkins —llamó Audrey mientras tomaba el té en una de las salas que debía haber sido de su abuela puesto que estaba decorada con detalles muy femeninos.

—¿Sí Señora? —respondió la ama de llaves.

— ¿Cómo se llama esta sala?

—No tiene nombre, pero antiguamente fue la sala de su abuela Georgiana ella misma la decoró.

—A partir de ahora esta sala llevará el nombre de mi abuela, mande a llamar a todas mis hermanas.

En unos instantes, todas las jóvenes aparecieron en la sala Georgiana mientras la Baronesa aún dormía exhausta por el traslado.

—Sentaros por favor —indicó Audrey haciendo que les sirvieran una taza de té a cada una.

—A partir de mañana volveréis a empezar las clases con la Srta.Worth— empezó Audrey—. Sé que hemos sufrido muchos cambios y muy dolorosos, pero no podemos dejar nuestras obligaciones a un lado. Como sabréis ahora estáis bajo mi tutela, esto no significa que ocuparé un lugar de madre, seguiré siendo vuestra hermana sólo que ahora me ocuparé de vuestra educación y manutención.

—Lo sabemos Audrey, y agradecemos todo lo que haces por nosotras, no quiero ni imaginar qué hubiera sido de nuestro futuro en manos de madre —convino Elizabeth dando un corto sorbo a su té al mismo tiempo que las demás asentían con la cabeza mostrando su conformidad.

—Sólo quería que tuviéramos esta conversación al menos una vez, no sé qué será de madre, supongo que por lo menos vendrá a la boda.

—¡Já! Por mí como si no viene nunca jamás —exclamó Karen devorando una de las galletitas.

—Sí, la verdad es que nunca me agradó, más que una madre parecía un inquisidor. Debo de confesar que no profeso ningún afecto por esa Señora, ni siquiera se dignó a venir al entierro de padre —expresó Georgiana.

—A mí me da miedo— añadió Liza bajo la atenta mirada de sus cuatro hermanas mayores—. Yo prefiero estar con Audrey mil veces —a lo que todas contestaron con una corta risa.

—También quería haceros partícipes de mi inminente boda con Lord Seymour, que como sabréis se celebrará de aquí dos semanas, creo que también tenéis derecho a opinar puesto que será vuestro tutor al casarse conmigo.

—Es un tipo raro, pero a mí me cae bien, quiero que me enseñe tiro con arco —dijo Karen ante la mirada de desaprobación de Audrey.

—Él es mi hermano —añadió Liza haciendo un pequeño salto de alegría al saber que pronto le volvería a ver.

—Es un buen partido y se portó bien con nosotras no dudo de que lo vuelva a hacer —ultimó Elizabeth mientras Georgiana asentía.

—Por cierto, ¿habéis visto como hemos mejorado en cuanto a mayordomo? —soltó Karen con una risa nerviosa.

—Karen Cavendish haz el favor de no hablar más de lo necesario, por favor, si no deberé castigarte...

—Pero si ya estoy castigada sin salir a pasear ¿no te acuerdas? —provocó risas descontroladas entre el resto.

Capítulo 24

Reencuentro

Los tres días siguientes pasaron con tranquilidad. Sin más novedades que la visita de una tía paterna con su hija Helen que también vivían en Bath. Helen era una joven de carácter fuerte y rebelde, su madre pasaba horas rezando para que su hija entrara en razón, pero era imposible. A Helen le gustaba disparar y el tiro en arco, así como montar a caballo a horcajadas, no hacía falta mencionar que para Karen era toda una heroína. Los modales de la joven contrarrestaban totalmente con su físico puesto que era una rubia de aspecto frágil más bien delgada pero bien proporcionada con una cara angelical.

Mientras la Baronesa viuda y la tía tomaban el té en la sala Georgiana, Audrey dejó por un momento los documentos en los que estaba trabajando y salió con su prima a dar un paseo por el jardín. Y aprovechando que sus hermanas estaban con la institutriz, osó pedirle a su prima que le enseñara a disparar.

—Pero jura que esto quedará entre tú y yo, ni siquiera lo puede saber tía Ludovica si no mi reputación se vería arruinada para siempre.

—Que sí primita, cuando quieres eres insistente... —respondió Helen con aburrimiento mientras cogía a su prima por el brazo y la conducía a un lugar apartado.

Cuando llegaron casi al lindar del bosque, la bella Helen preparó una especie de diana y delimitó una distancia entre ellas y ésta.

—Bien, saca la pistola —Audrey sacó una pistola que había sido de su padre y que antes de irse Chatsworth House había metido en su ridículo por si ocurría algún percance durante el trayecto, a pesar de que no tenía ni idea de cómo usarla.

Helen y Audrey estuvieron un buen rato con la clase de tiro hasta que escucharon un ruido extraño detrás de los árboles, tal parecía el trotar de un caballo, pero no debería de haber nadie en esa zona. La pelinegra temerosa de otro ataque apuntó en dirección al origen del ruido y poniendo en práctica lo que acababa de aprender, disparó al ver aparecer una figura humana a caballo. Gracias a Dios que aún no había aprendido lo suficiente como para acertar puesto que, de haberlo hecho, se hubiera quedado sin prometido.

—¡Lord Seymour! Disculpe, lo siento mucho de verdad que yo...—empezó Audrey presa del pánico por lo que pudiera pensar Edwin de ella—. ¿Le he hecho daño?

—¿Lo conoces? —murmuró Helen antes de que el caballero se acercara más hacía ellas.

—Sí, es mi prometido —respondió Audrey algo avergonzada y entregándole la pistola queriendo esconder el arma del delito.

— ¿Es él?¡ Dios mío! ¡Qué hombre! —alabó Helen mirando de arriba a abajo a Edwin que ya había desmontado de su semental y andaba hacía ellas con unas mallas de montar que marcaban sus musculadas piernas.

— ¡Vaya, vaya! Señorita Cavendish ¿qué diría la sociedad inglesa si la viera con esa arma en medio de un bosque? Cada vez me deja más sorprendido —empezó Edwin con sorna.

—Sí, es que debido a los recientes acontecimientos he querido aprender a defenderme un poco por mí misma. Le presento a mi prima Helen Ravorford, hija del Conde de Pembroke— respondió Audrey lo más correcta posible dentro de la embarazosa situación.

—Un placer Señorita Ravorford.

—Igualmente, verán de pronto me he acordado de que tengo que mandar una carta a mi padre urgentemente, les dejo y espero verlos dentro —dijo Helen dejándolos solos ante la mirada asesina de Audrey.

—Disculpe a mi prima, ella...

—Sí, sí, sí Señorita Cavendish, no hace falta que lo justifique todo para quedar como la dama perfecta, ahora que nos vamos a casar haga el favor de no mostrarse tan Remilgada, me enerva— cortó Edwin aguantándose la risa al ver como la cara de Audrey se enrojecía de rabia por segundos.

—Disculpe "Señor" Seymour, ¿si cree que soy una Remilgada y tanto le frustran mis intentos de ser educada, por qué accedió a casarse conmigo?

—No sé si estabas presente cuando ese gordito con toga me obligó prácticamente a ello, es mi deber casarme contigo después del error que cometí —respondió Edwin todo serio, pero con un tono de voz difícil de descifrar.

Audrey no sabía si hablaba en serio o le estaba tomando el pelo, ¿de verdad se casaba con ella sólo por obligación? ¿Por deber? No podía evitar sentirse con el corazón un tanto magullado, ¿viviría un matrimonio obligado en el que sólo ella sentiría algo por él?

—¿Obligado? Le recuerdo que fue usted quien me pidió matrimonio en la sala dorada y yo lo rechacé; en todo caso, la obligada soy yo —respondió orgullosa y con la barbilla alzada mientras empezaba a darle la espalda para volver a casa, pero Edwin la cogió por el brazo y la atrajo hacía él.

—Todos sabemos cómo disfruta usted entre mis manos, así que no creo que estés obligada a nada —la enfrentó Edwin mientras mantenía el agarre de su brazo haciendo que Audrey se sonrojara hasta el inicio del pelo.

—Pero ¿cómo se atreve a hablar de ese tema con su futura mujer? ¿A caso no tiene ni un mínimo de vergüenza? —inquirió la prometida intentando zafarse de la mano de su captor, pero éste la atrajo más hacia él y la besó con delicadeza como si sus labios se saludaran de nuevo. Cuando Edwin apartó, por un momento sus labios de ella, Audrey aprovechó para volver a hablar ya en un tono más natural y menos calculado—. ¿Que hace aquí Lord Seymour?

—Le voy a decir la verdad, ninguna amante me satisfacía puesto que sólo pensaba en usted y en la noche de nuestra boda —contestó de tal manera que Audrey no se lo creyó y soltó una sonora carcajada. Pero la verdad era que desde que había regresado de Devonshire ni Ludovina ni ninguna de las otras chicas de la Madame, llegaron a hacerle olvidar por un momento a Audrey. Sólo podía pensar en verla desnuda por completo y hacerla suya de una vez por todas. No sabía que le pasaba con esa mujer, seguramente sólo fuera capricho por su cuerpo, pero lo cierto era que no podía parar de pensar en ella. Al menos se casaría con una mujer que lo atrajera sexualmente, al fin y al cabo, no le había salido tan mal a pesar de que no hubiera querido casarse tan pronto.

—¡Qué cosas dice Lord Seymour! —exclamó Audrey como si Edwin le hubiera contado una mentira—. ¿Usted...usted está enamorado de mí? —preguntó Audrey sin saber muy bien el por qué con una voz temblorosa por primera vez en su vida.

¿Enamorado? Pues claro qué no, lo último que haría Edwin Seymour sería enamorarse, y menos de su propia mujer. No sería nunca uno de esos hombres dominados por la esposa. Lo atraía, era cierto, pero no la amaba ni siquiera estaba enamorado.

—No —contestó seco. Audrey notó un leve pellizco en su interior, pero rápido se recompuso, no quería que Edwin notara que sus palabras la afectaban así que consiguió zafarse del brazo de su futuro marido y volvió a su postura habitual, fría y distante.

—¿Ha traído un anillo de compromiso? No quiero que el matrimonio se vea envuelto en más escándalos que el de darse en medio de mi luto y en sólo dos semanas —informó Audrey como si hablara con su mayordomo.

—Lo he traído —contestó el teniente empezando a andar de forma despreocupada al ver que una doncella se acercaba a ellos, de hecho, la conocía, era la doncella que lo condujo hasta la habitación del Duque la noche del robo.

—Srta. Audrey, la Baronesa viuda dice que entre inmediatamente puesto que tiene que atender unos asuntos de urgencia —informó Alicia a lo que Audrey empezó a andar con paso apresurado hacía la mansión dejando a Alicia y a Edwin detrás.

—Señor Seymour, ¡qué placer volver a verle! —saludó Alicia al ver que su Señorita ya estaba lejos

—¿Eh? ... Gracias —contestó Edwin sorprendido por la osadía de la doncella al dirigirse a él sin ser solicitada su ayuda.

—Sólo quería decirle que cualquier cosa que necesite estaré encantada de ayudarle...—añadió Alicia mientras se apretaba el cordón de su escote marcando así aún más su exuberante pecho.

—Por el momento ayúdeme dejando de hablar —la cortó Edwin con su tono habitual de cinismo y dirigiéndole una de sus miradas más intimidantes provocando que la muchacha despareciera de su vista nada más llegar al vestíbulo. ¿Qué se había creído? ¿Qué le sería infiel a su esposa con su propia doncella? ¿Qué clase de servicio tenían los Cavendish? Cuando se casara, lo primero que haría sería despedir a esa buscona, Edwin Seymour era muchas cosas, pero no era desleal.

Capítulo 25

Celos

La casa de Bath se llenó de decoraciones florales y grandes bandejas llenas de dulces y deliciosos canapés, la verdad era que la Sra. Royne había conseguido hacer maravillas en poco tiempo. No sólo convenció a Lord Seymour para que dejara celebrar la boda en casa de los Cavendish, sino que se había encargado de mandar invitaciones a los familiares más allegados y de decorar los salones con mucho gusto y elegancia. Nada extravagante por petición expresa de la prometida, pero si se denotaba el estatus económicamente favorable del que gozaba la familia.

Audrey se encontraba en su recámara observando el anillo de compromiso —que al menos su futuro marido tuvo la decencia de regalarle— en presencia de su tía paterna; y si su tía paterna lo sabía, ya toda la familia lo sabía también. Así que por esa parte estaba tranquila puesto que los rumores disminuirían considerablemente en cuanto supiesen que había existido un mínimo de cortejo antes del matrimonio.

Se miraba en el espejo y aún no creía que se iba a casarse, con el poco tiempo que había tenido, había conseguido que le cosieran un vestido bastante acorde a su posición de un color crema oscuro con encaje negro en las mangas y en el cuello; no había querido ir toda de blanco por respeto a su padre. El anillo de Edwin, que emulaba una flor de naranjo de oro y porcelana, hacía conjunto con su gargantilla de oro y sus pendientes. Sólo le faltaba el recogido y Alicia estaba trabajando en él.

—¡Ya está Señora! A ver si le gusta —propuso Alicia dando unos últimos toques al semi recogido con flores de naranjo naturales que había elaborado a conjunto del anillo, realmente era muy bonito y le favorecía además de darle un perfume natural muy enriquecedor y atrayente.

—Sublime Alicia, como siempre, gracias. Puedes avisar a mis hermanas y a mi tío Rudolph que vengan para acompañarme al altar —indicó a la doncella, pero ésta no se movió y se quedó mirándola con una mirada extraña.

—¿Pasa algo? —preguntó Audrey sorprendida por el acto de la empleada.

—Verá sé que no es el mejor momento, pero prefiero pecar de osada que ocultarle algo a mi Señora —dijo a punto de llorar mientras apretaba las manos.

—Habla mujer —inquirió Audrey un tanto abrupta puesto que no se imaginaba tener que lidiar con su empleada minutos antes de su boda.

—Sí... no sé muy bien por dónde empezar, pero el otro día cuando vino su prometido para darle el anillo, intentó besarme allí en el bosque... y yo... no supe cómo reaccionar... y al final lo consiguió —mintió con descaro Alicia fingiendo una pena inexistente y riendo para sus adentros al ver como la cara de Audrey se deformaba por momentos.

—¿Qué te besó? —preguntó Audrey con el corazón compungido por la traición sin obtener respuesta por parte de Alicia que empezó a llorar sin consuelo.

No se lo podía creer, sabía que Edwin no estaba enamorado de ella puesto que él mismo se lo había confesado, pero de ahí a serle infiel en el mismo día del compromiso y con su propia doncella había una diferencia enorme, ¿entonces ella no era la única a la que robaba besos? ¿no era especial para él? Presa de unos nervios incontrolables Audrey salió de la habitación corriendo hasta llegar a la habitación que ella misma había designado a su futuro marido para que se prepara para la ocasión y, olvidando cualquier norma del decoro o de etiqueta, entró en la habitación sin preguntar y cerró con llave al entrar.

Edwin, que estaba terminando de prepararse, se giró desconcertado hacía su futura esposa. La miró durante unos instantes observando la belleza de la que sería su acompañante el resto de su vida, era la mujer más elegante y atractiva que había visto jamás; la rigidez del vestido resaltaba la curva de su cuello blanco que estaba siendo suavemente acariciado por los tirabuzones negros que caían del semi recogido a conjunto del anillo que la joven virginal llevaba en el dedo anular como símbolo de su propiedad. Por un momento, centró su mirada en los labios rojos y carnosos que habían sido resaltados con un toque de esos polvos que usaban las mujeres y que a ella le sentaban de maravilla. Y, por si fuera poco, el perfume de la dama embriagaba la estancia provocando que se acelerara antes de tiempo, así que para evitar cualquier impulso volvió a centrarse en sus gemelos de camisa.

—¿No te han dicho que trae mala suerte que el novio vea el vestido de la novia antes de la boda? — preguntó Edwin mientras se colocaba los puños de oro en la camisa con tono indiferente y sin mirarla.

—¿De verdad le importa el futuro de nuestra boda? ¿Pensó en él cuando se abalanzó encima de mi doncella? —espetó Audrey con la cara enrojecida de la rabia provocando que Edwin la mirara de nuevo, pero sin inmutarse.

—¿Eso es lo que te ha dicho? —preguntó Edwin manteniendo la calma—. ¿Y tú la crees? ¿Crees antes a una simple empleada que al que será tu marido?

—¿Por qué no debería de creerla? Ella ha estado a mi lado mucho más tiempo que usted, y además usted mismo reconoció que no estaba enamorado de mí. Así que no veo por qué no podría hacer lo mismo que hace conmigo a otra mujer —explicó Audrey mientras se adentraba más en la habitación con la ansiedad de descubrir si realmente el único hombre con el que deseaba pasar el resto de su vida había resultado ser una farsa. Edwin se acercó a Audrey y posó su mano encima de su mejilla, a pesar de la simplicidad del roce, la corriente se hizo palpable entre los dos—. ¿Por qué sonríes? Estoy hablando seriamente Sr. Seymour —interrogó Audrey al ver que el causante de todo su dolor se permitía sonreír.

—Sonrío al verte perdidamente enamorada de mí, una vez me dijeron que eras la dama impasible, pero aquí estás demostrándome todos tus sentimientos —Audrey abrió los ojos como si le fueran a salir de sus órbitas, no podía creer que ése indeseable se creyera con la protestad de decir que ella estaba enamorada de él.

—Está borracho Señor, yo no estoy enamorada de usted, es cuestión de pragmatismo; quiero saber con qué clase de hombre me he quedado enganchada, sepa que tengo mucho trabajo ahora que mi padre me ha dejado todos los negocios y no pretendo casarme para estar pendiente de un hombre que genera escándalos y ensucia mi buen nombre

—De acuerdo, sólo está celosa entonces —sentenció Edwin al mismo tiempo que acercaba su nariz al cuello de la joven que ya empezaba a temblar con su proximidad.

—¿Celosa? No, Señor Seymour...

—No me llames más Señor Seymour, llámame Edwin —dijo el teniente mientras acariciaba el suave cuello de la dama con la otra mano deseoso de escuchar cómo sonaba su nombre en esos labios hechos para el pecado.

—No lo pienso tutear hasta que me responda, dígame ¿ha besado a mi doncella sí o no? —exigió Audrey todo lo firme que pudo a pesar del temblor más que evidente que la proximidad del caballero le provocaba.

—No —respondió corto y un tanto tosco Edwin un poco dolido por la desconfianza mientras la miraba fijamente a los ojos—, sólo deseo estar contigo en el lecho, te lo aseguro, desde que te vi ese día en el lago sólo he soñado con desnudarte y hacerte mía. Ese pensamiento ha nublado mi juicio hasta hoy y creo que has sido testigo de ello ¿crees que podría dedicar besos a otra que no fueras tú? No sé qué me has hecho, pero mi cuerpo es todo tuyo, eso te lo aseguro Audrey Cavendish —confesó Edwin preso por el placer que sentía al acariciar a esa joven que se convertiría en pocos instantes suya.

Audrey lo miró fijamente a los ojos y sin saber muy bien por qué, lo creyó. Había algo en él más fuerte que las palabras de Alicia, con un toque suave apartó las manos de Edwin de su cuello y las sostuvo entre las suyas.

—He escuchado que los hombres tienen muchas amantes, yo no sé nada de lo que ocurre en el lecho y por un momento he tenido miedo de haberlo disgustado en algo —confesó Audrey con la cabeza gacha presa de un sonrojo que la hacía aún más encantadora y que provocó en Edwin un aumento de su deseo por estar con ella a solas de una vez por todas. Sin ningún impedimento. No le importaba que no supiera nada, al contrario, por raro que pareciera eso le excitaba aún más.

—Nada de lo que tú me das podría disgustarme y ahora vete si no quieres que me adelante a la noche de bodas aquí mismo —dijo Edwin provocando que Audrey se fuera inmediatamente presa del miedo.

Audrey fue llevada al altar por su tío Rudolph Ravorford, Conde de Pembroke, seguida por sus cuatro hermanas y su prima Helen ante la emocionada mirada de la Baronesa viuda, que se encontraba a un lado junto al resto de los familiares de la novia. Por parte del novio, sólo vinieron dos amigos puesto que su padre no podía viajar por su frágil salud y no tenía más familiares.

Al terminar la ceremonia con un corto y casto beso ante los invitados pero que se sintió arder entre los novios, se sentaron en la mesa principal que había sido decorada con grandes ramos de flores y empezaron a compartir una agradable comida con los familiares de la novia y con los amigos del novio; a los que Audrey pudo conocer, por lo visto eran el Conde de Derby y el Duque de Doncaster. Ambos eran más o menos de la misma edad que su marido, aunque ninguno tenía nada que ver, mientras Edwin parecía un tanto siniestro, el conde de Derby era demasiado serio y el Duque de Doncaster tenía toda la pinta de ser un vividor.

Cuando todos los comensales terminaron de degustar la gran tarta, se retiraron al salón para que pudieran terminar la celebración con algunos bailes, Edwin y Audrey iniciaron el baile con un vals y luego el resto de las parejas se fueron sumando a ellos.

"¡Qué bonita pareja! Ojalá yo también pudiera bailar con un apuesto caballero que se casara conmigo" soñó Elizabeth observando a su hermana y a su cuñado bailar de una forma tan romántica, se había quedado sola en un rincón de la sala puesto que sus hermanas menores ya habían sido llevadas a sus recámaras, ella había podido convencer a la Baronesa para quedarse un rato más puesto que su temporada empezaría en breve y sólo estaba con la familia.

De pronto la música paró y el joven mayordomo dio tres golpes al suelo anunciando la llegada de un nuevo invitado ante la expectación de todos los presentes.

Audrey y Elizabeth por un momento temieron que fuera su madre, pero gracias a Dios no era ella.

—El señor Robert Talbot, Marqués de Salisbury —informó el Sr. Smith dando paso a un caballero de pelo largo y negro con barba de dos días que, a pesar de su ruda apariencia, hizo suspirar a más de una dama en la sala incluida a Elizabeth. La cual, desde que lo vio en Chatsworth House, le pareció el hombre más atractivo de la tierra. Sin querer, y con sólo mirarlo, un intenso sonrojo inundó su semblante, pero cuando vio que éste se dirigía a ella después de saludar al reciente matrimonio sintió que se iba a desmayar.

—Buenas noches, Señorita Elizabeth, está usted más hermosa que nunca — agasajó Robert un tanto bronceado por la larga exposición al sol, de hecho, si no fuera por sus caros ropajes, se podría decir que era uno de esos salvajes de escocia. Q quizás fuera por la proximidad de su marquesado a esas tierras pero el hombre parecía un escocés. Elizabeth deseó con todas sus fuerzas desmayarse para no tener que responder, pero no hizo falta porque el Sr. Talbot volvió a hablar—. ¿Me permite este baile? —le preguntó al escuchar que la orquesta volvía a sonar.

Elizabeth miró a la Baronesa que se había acercado a ellos durante la conversación y ésta dio su consentimiento haciendo jurar al joven que sólo sería una pieza, a lo que éste asintió y condujo a la temblorosa dama al centro de la pista ante la atenta mirada de sus tutores, que ya se habían apartado de la pista dispuestos a retirarse pronto.

—Por lo que veo me equivoqué en cuanto al Sr. Talbot —dijo Edwin a Audrey señalando a la joven pareja bailando en el centro del salón.

—Señor Seymour, Robert siempre ha estado interesado en mi hermana, es usted más inocente de lo que creía —contestó Audrey con una sonrisa al ver a

Elizabeth hecha un ovillo entre el fuerte cuerpo de su mejor amigo el cual lucía una sonrisa triunfal.

—¿Inocente? Te demostraré lo inocente que soy en cuanto lleguemos a Somerset y te haga pronunciar mi nombre —sentenció Edwin en un susurro al oído de Audrey provocando que toda ella se estremeciera para luego, con un gesto, ordenar al lacayo que preparara el carruaje.

Todos los invitados sin excepción salieron a despedir a la hermosa pareja. Entre tanto Audrey abrazaba entre sollozos a sus hermanas, las cuales se quedarían unos días en Bath antes de ir a Somerset, Edwin se despedía de sus dos amigos.

—Ya te han echado la soga al cuello amigo —bromeó el Duque de Doncaster dándole una fuerte palmada en el hombro de Edwin, famoso por su vida de libertinaje y sus infinitas noches de juerga.

—Marcus deberías asentar la cabeza de una vez, aprende de Edwin, se ha casado con un buen partido —contrapuso el conde de Derby, Asher.

Una vez finalizadas las correspondientes despedidas los recién casados se subieron al carruaje, Audrey por su parte intentaba mostrarse indiferente ante la mirada intensa que su recién marido le estaba dedicando. Se mantuvo todo el trayecto sentada delante de él intentando no mirarlo y con la vista puesta en el paisaje, aunque no se veía nada porqué era de noche. Cuando el cochero dio dos toques en la puerta para indicar que ya habían llegado, Audrey soltó un suspiro de alivio que le duró menos de un segundo cuando Edwin antes de bajar se acercó a ella y le susurró:

—Esta noche por fin serás completamente mía.

Capítulo 26

Cual vela en el fuego

El palacio de Dunster, la residencia de campo de los Duques de Somerset era majestuosa. La familia Seymour no sólo era famosa en Inglaterra por ostentar uno de los títulos más antiguos y nobles sino por el sinfín de propiedades increíblemente extensas que poseían, puesto que no sólo tenían ese enorme palacio a su disposición, sino que en el centro de Londres tenían, entre otros, la nombrada Casa Somerset, una residencia que hacía competición con el palacio de Buckingham tanto en dimensiones como en opulencia. A pesar de las innumerables posibilidades que tenían, Lord Edwin Seymour junto a su padre—el actual Duque— pasaban la mayor parte del tiempo en Minehead, donde se encontraba el palacio de Dunster. Sólo en raras ocasiones, residían en Londres, normalmente cuando los solicitaban en la cámara de Lores.

Audrey bajó del carruaje y a pesar de toda la riqueza que ella misma poseía no le fue para nada indiferente la enorme edificación que se levantaba ante ella. El palacio era una de las haciendas más antiguas del país, según había escuchado se había construido hacía cuatrocientos años. El carruaje estaba detenido justo delante del gran patio principal que daba paso tanto a la residencia principal como a una edificación de estilo medieval que estaba totalmente separada de la primera. Audrey imaginó que ellos se dirigirían a la construcción más nueva puesto que había en ella un mayordomo esperando en la puerta.

Edwin empujó un poquito a Audrey para que empezara a andar puesto que se había quedado totalmente paralizada admirando el lugar, cuando la joven llegó a la gran puerta principal —que debía tener más años que Inglaterra misma— un hombre totalmente inexpresivo y casi estático le dio una fría y rígida bienvenida.

—El Sr. Williams, hijo de una larga generación de nobles y entregados mayordomos de Dunster —presentó Edwin a Audrey sin que el susodicho ni siquiera pestañeara.

Una vez dentro de su nueva casa, Audrey pudo constatar que el nivel económico de los señores del lugar sobrepasaba el de ella con creces, los salones estaban repletos de tapices y moquetas de cuantioso valor, así como de muebles que de seguro habían visto pasar unas cuantas generaciones de lores en ese mismo castillo. A pesar de la abundancia histórica y monetaria se denotaba la falta de una mujer en el hogar. La decoración era tosca y fría y parecía que los empleados se habían mimetizado con ella. No existían las sonrisas ni las expresiones, tal parecía que tenían miedo de su Señor o que, simplemente, no tenían sentimientos. Es cierto que Audrey era dada a la frialdad y odiaba expresar sus pensamientos, pero hasta para ella le era excesiva tal actitud.

Una vez llegaron al salón principal donde todos los sirvientes más relevantes estaban reunidos para dar la bienvenida a su nueva Señora, Edwin empezó a nombrar a todos y cada uno de ellos los cuales se limitaban a asentir con un golpe de cabeza seco y distante. Cuando llegó a la cocinera, Audrey no pudo evitar comparar la señora delgada y con cara ácida con la dulce y amable Señora Poths. Daba gracias a Dios que si concebía un varón podría volver a Chatsworth House, no sabía si su marido le permitiría tal cosa, pero tenía tiempo para convencerlo.

La nueva Señora saludó a todos y a cada uno de los presentes con la misma frialdad que ellos mostraban, una vez todos se retiraron de nuevo a sus quehaceres Audrey se sentó en uno de los grandes sillones exhausta por todos los acontecimientos del día. Aún no había cogido aire que notó como unos fuertes brazos la cogían y la levantaban como si fuera una pluma. Edwin empezó a cargar en brazos a su nueva esposa por todos los pasillos y escaleras hasta llegar a un dormitorio en el que podrían vivir dos familias enteras decorado con un estilo totalmente masculino y empapado de la fragancia de su señor. La recámara tenía tapices de color azul y negro con el emblema de la familia Seymour, así como el escudo de armas de los Somerset.

—Qué vergüenza me está haciendo pasar Lord Seymour, no sé qué pensará el servicio o, peor aún su padre si se entera —dijo Audrey aún en brazos de Edwin con las mejillas de color escarlata ya en la intimidad de la que parecía la alcoba de su marido.

—En estos momentos me importa muy poco la opinión del servicio o la de mi padre —repuso Edwin con la voz seca del deseo haciendo sonrojar aún más a la joven que cargaba en brazos.

El teniente siguió cargando con Audrey hasta la gran cama, cubierta por una gruesa frazada de terciopelo azul, donde la dejó caer con suavidad y delicadeza como si de una joya preciada se tratara. La novicia pelinegra se quedó sentada mirando expectante a ese hombre, el único con el que había estado a solas y del que ya conocía el tacto de sus labios y el de sus manos pero no sabía exactamente que ocurría en el lecho de un matrimonio; lo único que le había dicho su madre, una vez , era que dolía y que debía estarse quieta para permitir que el hombre hiciera lo que tenía que hacer, pero no le había explicado qué era exactamente aquello .Aunque no estaba temblando puesto que era toda una experta en disimular sus emociones, por dentro estaba hecha un manojo de nervios. Sólo pensaba en cómo le podía doler el tacto de Edwin, si cuando rozaba su piel toda ella se fundía en el placer cual vela al fuego.

El vigoroso y fuerte hombre se apartó un momento de la atractiva mujer y con un andar confiado apagó las velas de la recámara dejando sólo encendidos el calor y la luz del fuego de la chimenea. Sacándose la chaqueta que lo distinguía como teniente, se acercó a paso lento y con la mirada fija en la mujer de pelo negro y piel blanca como la luna que lo miraba con los ojos azules más bonitos de Inglaterra. No pudo evitar esbozar una media sonrisa al percatarse que dicha dama hacía esfuerzos sobrehumanos para mostrarse indiferente a la situación y sobre todo a él, cierto era que su cuerpo no temblaba y su expresión era inalterable pero su respiración acelerada y su mirada la delataban.

—¿De qué está usted riendo Lord Seymour? —inquirió Audrey no queriendo ser el motivo de burla por parte del cínico con el que se había casado con el mentón alzado.

—Yo no río nunca, sonrío —se limitó a contestar él, haciendo levantar con delicadeza a la joven, estirándola con una mano hacía él.

Audrey se quedó quieta como su madre le explicó y miró con cierto pavor a Edwin.

—No tengas miedo mi luna —susurró por primera vez Edwin al oído de la casta mujer al mismo tiempo que empezaba a desabrocharle el vestido con mucha habilidad y dejando el voluptuoso cuerpo de Audrey cubierto sólo con la camisola en pocos minutos. Minutos que le parecieron eternos a la muchacha y que le provocaron cierto celo al ver a su cónyuge tan experto con la vestimenta femenina.

—¿A cuántas mujeres le ha sacado el corsé? —consiguió decir la muchacha ante la mirada llena de fervor de Edwin que estaba posicionado frente a ella para poder verla mejor.

—A ninguna se lo quité con tanto deseo, te lo aseguro —contestó el caballero empezando a deslizar la última tela que le obstaculizaba la visión con la que tanto había soñado.

Audrey se llevó instintivamente las manos alrededor de sus brazos con la esperanza de cubrir sus senos, aunque éstos sobresalían por su exuberancia. Edwin se deleitaba con el desliz del camisón y paró su caída en las anchas caderas que seguían a una estrecha y diminuta cintura. En ese punto y para no avergonzar más a la joven estando de pie, la volvió a levantar entre sus brazos y la tumbó en la cama para que se sintiera más cómoda. Antes de abalanzarse sobre su cuerpo la miró unos instantes como queriendo retener ese momento para siempre: ahí estaba, Audrey Cavendish, la mujer que hacía competición al astro más bello del universo, tendida sobre su cama. El soldado se tumbó al lado de ella con delicadeza y con una mano deshizo el recogido de la dama, dejando que la larga cabellera oscura se juntara con el terciopelo azul de su cama.

Audrey se mantenía quieta con las manos en sus pechos y la mirada gacha, sentía la mirada de Edwin clavada en él, y eso hacía que se tensara más ya fuera por placer o por miedo o, quizás, por ambos. Pero parte de la tensión pareció disminuir en cuanto la tosca mano de su lobero acarició su mentón suavemente y lo apretaba con tiento para indicarla que lo mirara. Audrey obedeció y lo miró directamente a los ojos no queriendo parecer un cervatillo asustado, lo que vio en Edwin sin saber por qué la tranquilizó, la mirada azulada de él desprendía lujuria en estado puro, pero era cierto que también había algo en su proceder que la hacía sentir segura. Y así, mirándolo fijamente, fue que él con sutileza empezó a apartar sus brazos para poder deleitarse mejor con su desnudez, Audrey lo permitió y se relajó dentro de lo posible.

Edwin estaba sediento del cuerpo de esa mujer, pero no quería correr, quería ver retorcer de placer a esa Remilgada y, sobre todo, no quería hacerle más daño del necesario en cuanto llegara el momento de adentrarse en ella por primera vez.

Con cierto enfado por parte de Audrey la mano abandonó ese juego tan placentero en sus senos y empezó a descender lentamente y con suavidad hasta llegar al camisón que aún seguía anclado en sus caderas. Edwin lo retiró dejando por primera vez a la mismísima feminidad personificada en una mujer, desnuda ante él. Audrey intentó tapar su parte más íntima pero su cazador no se lo permitió, volviendo a provocarle esas sensaciones tan placenteras que ya conocía. Embriagada de ese elixir no pudo seguir obedeciendo los consejos de su progenitora y movió de forma torpe su mano hasta la camisa de Edwin dejando a éste sorprendido, pero complacido ante su iniciativa. Audrey sacó con entorpecimiento esa pieza de ropa y se quedó observando el musculoso torso de Lord Seymour ante la atenta mirada de su dueño que no había dejado de acariciarla en lo más íntimo en ningún momento, entorpeciendo expresamente el trabajo de su mujer en sacarle la camisa.

La joven admiró las cicatrices que lucía su marido y pasó con tiento sus finos dedos por ellas provocando que su piel se erizara de forma inesperada por parte de Edwin, en sus numerosas relaciones carnales nunca se le había erizado la piel ni mucho menos había disfrutado como lo estaba haciendo con esa joven inexperta. El roce de los blancos dedos de su recién esposa en sus heridas le provocaba un placer hasta ahora desconocido, totalmente preso de ese deleite y de la lujuria se abalanzó sobre ella.

—Di mi nombre —rugió Edwin viendo como, por fin, esa fría joven se mostraba más ardiente y natural que nunca.

Audrey abrió los ojos por un momento para ver al único hombre que de verdad había logrado causar algo en su interior hasta el punto de sentirse...enamorada, debía reconocerlo, suspiraba por ese varón y le parecía un sueño lo que le estaba sucediendo. Así que decidió abrirse a él en su totalidad.

—Edwin...—susurró Audrey entre ahogos de placer causando en el dueño de ese nombre una oleada nueva de regocijo.

La joven virginal ya ahogada en sudor se atrevió a mover sus manos hacía la parte inferior del hombre, pero cuando llegó al centro notó algo tan inusual que se asustó y apartó las manos en el momento induciendo a Edwin a que sonriera un poco más de lo normal; apartando por un momento sus manos del cuerpo de Audrey y arrodillado en la cama se bajó el pantalón del uniforme para volver a tender a Audrey sobre el lecho. Se posicionó encima de ella y mientras la miraba fijamente a los ojos se fue introduciendo en su interior, la joven hizo una mueca de dolor al notar la presión, pero su esposo respondió besándola con ternura hasta que se adentró en su totalidad. Al principio Audrey notó un dolor agudo como si la atravesaran, pero poco a poco y a medida que Edwin se movía con delicadeza iba sintiendo una invasión placentera hasta que los dos se fundieron y liberaron toda la tensión que habían ido acumulando.

Capítulo 27

Convivencia

Audrey se despertó a la hora acostumbrada de madrugada, aún estaba un poco confundida por todo lo ocurrido, pero no podía permanecer por más tiempo en el lecho. Así que se incorporó y miró al lado descubriendo que Edwin ya no estaba, por una parte, mejor porque no sabía cómo lo iba a mirar a la cara después de lo ocurrido. Así que sin más dilación salió de la cama y llamó al servicio para que preparan una bañera, después del merecido baño bajó a desayunar en un gran salón totalmente sola. Al menos esperaba que su marido hubiera desayunado con ella o que su suegro se presentara para poder conocerlo, atribuyó tal suceso a la hora, a decir verdad, aún no eran las seis y media de la mañana.

Cada vez que recordaba lo ocurrido en la noche anterior un temblor le recorría el cuerpo, se había admitido a sí misma que estaba enamorada de ese hombre a pesar de saber que él sólo sentía deseo por ella. ¿Se cansaría de ella ahora que ya la había probado? ¿Iría en busca de alguna amante como casi todos los caballeros acababan haciendo?

Una vez terminó el desayuno, se levantó y preguntó por su marido al mayordomo el cual le informó que se encontraba en su despacho, Audrey que aún no sabía nada de la distribución de la casa pidió al Sr. Williams que tuviera la amabilidad de conducirla hasta esa estancia. Cuando llegaron delante de una majestuosa puerta decorada con vidrios entablados de tal manera que conformaban el dibujo de un lobo, el mayordomo desapareció dejando a la joven dama sola ante lo que parecía la cueva de un licántropo.

Armándose de valor y cogiendo aire, tocó la puerta dos veces y la abrió tas escuchar el "pase" seco y rudo del hombre que hacía apenas unas horas la había hecho suya.

—Buenos días —dijo Audrey al entrar a larga estancia iluminada por grandes ventanales y enmarcada por tablones de madera que cubrían las paredes dando al lugar una sensación de cierta calidez, aunque a la vez de imponencia. En una de las paredes del despacho había una secuencia de bustos esculpidos con los rostros de los que deberían haber sido los señores del lugar, Audrey fue repasando todos y cada uno de ellos con la mirada hasta llegar al que debería ser el más reciente, el actual Duque de Somerset, pero se encontró con la sorpresa de que dicho busto tenía la cara partida como si alguien hubiera intentado romperlo. La nueva Señora de la casa hizo ver que no había visto nada y se volvió hacía su marido que seguía inmerso en sus documentos y ni siquiera la había respondido—. Buenos días, Edwin —repitió Audrey con la espalda recta y un tono de voz impoluto.

El futuro Duque al escuchar su nombre en los labios de la mujer que lo había hecho sentir más que ninguna otra en una sola noche, levantó la mirada y vio a su esposa ataviada de luto riguroso y un sencillo recogido.

—Buenos días, ¿qué haces tan pronto levantada? deberías dormir un poco más, no hace falta que las damas se levanten tan pronto.

—Tengo mucho trabajo y no me puedo permitir el lujo de quedarme en el lecho, por si no lo sabías acabo de heredar uno de los negocios de perfumes más importantes de Inglaterra junto a muchos otros. Sin olvidar todas las propiedades con empleados que dependen de mí, así que te agradecería que me indicaras cuál es mi despacho para poder ponerme a ello.

Edwin miró de arriba a abajo sin creer que la que hablara fuera una fémina, sabía de la obstinación de Audrey en heredar el Ducado de su padre y en llevar ciertos asuntos destinados a los hombres, pero no pensaba que llegara a tal punto como el de trabajar.

—¿Trabajo? No permitiré que mi mujer trabaje, manda a tu capataz para que se ocupe de ello y yo revisaré los asuntos más relevantes, tú ve a ver tu nuevo hogar y haz los cambios que desees —dijo Edwin en un tono que no daba lugar a la discusión mientras volvía a su labor.

—Si lo que querías era una esposa ociosa sin más ocupación que la de pensar en qué color irán los cojines del salón, te has equivocado, Audrey Cavendish no es esa —respondió Audrey imperturbable y con la mirada fija puesta en su marido que la volvía a mirar de nuevo.

—Primero, ya no eres Audrey Cavendish sino Audrey Seymour; segundo, ya he dicho que no permitiré que trabajes, ahora todos tus negocios son míos también así que yo me ocuparé; tú cose o haz lo que hagan las damas de tu posición, nos vemos a la noche, he ordenado servir la cena en el gran salón.

—¿Tu padre asistirá? —respondió Audrey ya dispuesta a salir de la estancia.

—No.

La joven heredera salió del despacho a punto de gritar de la impotencia y la frustración, pero no iba a dejar que Edwin Seymour la tratara como un ser inútil. Así que mandó a su doncella prepararse porqué iban a salir.

Era ya entrada la noche y Edwin decidió que ya era el momento de dejar el trabajo y dedicar un tiempo a su esposa que de seguro debería seguir enfadada. Él haría que se le pasara el enojo si no en la cena, en la intimidad. Pensaba que después de haberla tenido una vez entre sus brazos su obsesión por ella disminuiría, pero al contrario de eso, ahora tenía más necesidad de volver a catar ese manjar. Pensando en qué le enseñaría esa noche a Audrey, salió del despacho en busca del Sr. Williams.

—Williams, mande a llamar a la Señora Seymour para que baje a cenar.

—Señor, la Señora no se encuentra en Dunster —respondió el mayordomo removiéndose algo inquieto por primera vez en todos sus años de servicio ante el semblante furioso del teniente Seymour.

—¿Se sabe adónde ha ido? —preguntó Edwin esbozando una de sus famosas sonrisas siniestras asustando al propio Williams.

—Se... Señor lo único que sé es que salió con su doncella con un carruaje y aún no ha vuelto.

El teniente se sentó en el salón que daba a la puerta principal y ordenó que todos los empleados se retiraran.

Audrey había ido a visitar una de las fábricas que su padre le dejó en posesión, se alegró de ver que todos los empleados trabajan con eficiencia y que el director de la planta era fiel a los principios Cavendish. Pasó la tarde con su nueva doncella conociendo al detalle la manera que tenían esos químicos y operarios en elaborar los perfumes, cuando se dio cuenta que era la hora de la cena pidió al dirigente un informe elaborado y salió a toda prisa del lugar.

Durante el trayecto no intercambió palabra con la Señorita Murray, así como tampoco lo había hecho en todo el día, la chica se mostraba seria y distante, pero complaciente. Al menos con ella esperaba no tener que sufrir otro percance como con el que tuvo con Alicia, la cual, aún no había despedido; estaba esperando el momento perfecto para ello.

Al vislumbrar Dunster bajó ayudada por un lacayo y anduvo con paso firme y elegante hasta su interior sola, puesto que su doncella desapareció por una de las puertas del servicio. Al entrar, le extrañó que el lugar estuviera tan oscuro, pero pudo vislumbrar la silueta de Edwin sentada en uno de los sillones. Imaginaba que no estaría de buen humor después de que hubiera salido sin avisarle, pero no le importaba. Así que se limitó a saludar e intentó pasar al siguiente salón para poder dirigirse a su recámara, pero una voz la detuvo.

—¿A dónde vas? —inquirió Edwin dejando su tercera copa de coñac y acercándose a ella.

—Voy a mi recámara, disculpa el retraso he estado en una de las fábricas de perfume que tenemos aquí en Bath revisando que todo estuviera en orden —explicó Audrey viendo el semblante oscurecido de su marido el cual sólo estaba ya a dos pasos de ella.

—Ya... tu fábrica, es verdad. La rica y poderosa Audrey, perfecta en todo menos en su deber como esposa, por eso no quería casarme contigo. ¿Tienes idea de lo que causarás si alguien se entera que la nueva Señora de Somerset no sólo trabaja, sino que se dedica a hacer excursiones a lugares frecuentados por hombres? A partir de ahora si quieres trabajar sólo lo harás en mi despacho, queda prohibido salir sin mi permiso o mi compañía. Por cierto, ¿y tu madre? No la vi en la boda.

Audrey enfurecida como estaba porqué ese indeseable sólo quisiera darle órdenes en lugar de comprenderla, se giró sin mirarlo ni contestarlo y aguantando las lágrimas se tragó su orgullo para correr a la recámara donde se abalanzó sobre el lecho aterciopelado y empezó a llorar. Edwin la siguió y cerró la puerta tras de sí.

—Qué lamentable espectáculo está dando delante del servicio Señora Seymour —espetó con sorna Edwin al mismo tiempo que se sentaba con las piernas estiradas y una pose vacilante al lado de Audrey.

La joven levantó la cabeza y llena de rabia le dedicó una de sus miradas más sanguinarias, pero sólo consiguió que ese desagradable sonriera aún más.

—¡Te dije que no sería nunca propiedad de nadie! ¡Te dije que mi deber estaba con el legado de los Cavendish y el Ducado de Devonshire! Hazte a la idea de que cuando engendre un varón nuestro hijo heredará el Ducado de Devonshire y ambos seremos sus tutores, no podré seguir aquí y volveré a Chatsworth House. Por eso no me importa para nada si tus salones están horriblemente decorados o no, no me importa nada de aquí, sólo me importa mi familia.

—¿Entonces sólo aceptaste ser mi esposa para que tu reputación no fuera arruinada verdad? —preguntó Edwin mirándola con desprecio.

—Exactamente, si no ¿por qué iba a casarme con un hombre tan cínico y desagradable como tú? —contestó Audrey callándose que ella misma había provocado esa situación embarazosa para poder casarse con él, ya que si no se hubiera casado con él no lo habría hecho con ninguno, si supiera lo enamorada que estaba de él en realidad...

—Tu habitación está al lado de esta —contestó el teniente levantándose y sirviéndose su cuarta copa de coñac.

—¿Al lado?

—Sí, esta es mi habitación, la tuya se encuentra al otro lado de esa puerta —explicó señalando una puertecita.

—¿Ya no quieres que duerma aquí? —se atrevió a preguntar Audrey con el corazón en un puño.

—Buenas noches —dijo sin más el caballero sentándose al lado de la chimenea y observando a la luna llena que asomaba por la ventana, dando a entender a la chica que era el momento de que se retirara.

Capítulo 28

El lobo y la luna

¿Por qué Edwin había decidido que durmieran en habitaciones separadas cuando en el primer día parecía dispuesto a que compartieran el lecho? ¿Sería que ya se había cansado de ella ahora que ya la había probado? ¿Realmente era para tanto el hecho de que quisiera trabajar? Fueron preguntas que rondaron por la cabeza de Audrey durante toda la noche sin dejarla dormir, pero no por eso se permitió quedarse hasta tarde durmiendo; se levantó a su hora habitual, volvió a desayunar sola ya intrigada de qué sería de su suegro, y subió al despacho donde Edwin había dicho que podría trabajar. A pesar de que le hubiera gustado poder ir a algunas propiedades más que tenía en Bath, por el momento se quedaría en casa para intentar apaciguar las aguas.

Cogió su caja de madera en la que guardaba todos los documentos por firmar o revisar, y se dirigió a la cueva del lobo en la que había sido invitada, entró de forma sigilosa y se limitó a sentarse para empezar con su trabajo.

Edwin no había podido dormir a penas, no es que le importara en demasía los sentimientos de su nueva esposa, pero el hecho de saber que sólo se había casado por no manchar la reputación le hacía odiar en lo más profundo a esa mujer superficial y llena de prejuicios. Sabía que era importante cumplir con el deber, pero no soportaba a las personas que vivían de las apariencias. Por ese motivo él no se consideraba un caballero, sino simplemente un hombre que cumplía con sus obligaciones, nada más.

Y, por si fuera poco, ahora debía soportar su presencia si no quería que el servicio o alguien más se enterara de que su propia mujer estaba trabajando. Al menos, mientas estuviera en su despacho podría tenerla controlada en cierta manera, lo malo era que no se podía concentrar en su propia labor. El perfume de Audrey lo desconcentraba de tal manera que sólo podía mirarla y rememorar el contacto de sus dedos en sus cicatrices. A pesar de ese deseo, pudieron concentrarse con cierta calma varias horas.

—Perdona Edwin, me pregunto dónde está tu padre, si está muy enfermo me gustaría visitarlo en su recámara —habló por primera vez Audrey al terminar su cometido.

—Mi padre no está en este edificio, está en la torre que viste al lado del patio

—explicó Edwin haciendo referencia a una construcción de estilo medieval que se encontraba al oeste de la propiedad y que tal parecía una torre por su forma arcaica y su piedra—, y no desea ser visitado.

—¿Ni siquiera quiere conocer a su nuera? —preguntó Audrey provocando que el semblante de su marido se oscureciera.

—¿Por qué quieres conocer a mi padre si a ti lo único que te interesa es volver a tu querido Chatsworth House? Tu misma dijiste que no te importaba nada de lo que estuviera relacionado conmigo así que trabaja o sal del despacho —empezó a atacar el lobo con un semblante indiferente y una media sonrisa para nada amigable que no asustaba a Audrey.

—Aunque me importe mi familia, también me importa la tuya, quizás no me expliqué bien presa de la rabia que ayer sentía, al fin y al cabo, nuestro hijo no sólo heredará el Ducado de Devonshire sino también el de Somerset, es comprensible que quiera conocer al futuro abuelo de mi heredero —explicó la joven con una expresión tan brillante y distinguida como la luna misma.

—¡Já! Primero tienes que engendrar un varón querida, y viendo tu historial genético es muy probable que nazca una niña, pero no te preocupes la querré igual. Sólo espero que tú no te conviertas en tu madre al ver que engendrar a hembras es tan inútil como plantar árboles sin frutos —añadió Edwin viéndose acorralado por los argumentos de su esposa para ver si haciéndole daño desistía en su deseo de conocer a su padre y lo consiguió.

Audrey decidió recoger todas las cartas que ya llevaban su sello y salir para que las mandaran a sus correspondientes destinos, no soportaba ni un minuto más los mordiscos de Edwin.

—Señora, tiene una visita —informó el mayordomo a Audrey, que ya había terminado de comer en la soledad y se encontraba leyendo uno de esos libros tan instructivos en las técnicas de dirección.

—¿De quién se trata, Williams?

—Es la Baronesa de Humpkinton, Señora.

Audrey no tardó más de dos minutos en dejar el libro a un lado y bajar de inmediato la gran escalinata para adentrarse en la sala de visitas en la que, efectivamente, una Señora ataviada de luto muy familiar para ella; se encontraba sentada en un lado, no se había dado cuenta de lo mucho que la extrañaba hasta ese momento.

—Señora Royne —saludó con cariño Audrey dejando un poco de lado la etiqueta y abrazando a la anciana.

—Vaya, veo que me has echado de menos —respondió la viuda al ver a su fría ahijada abrazándola por primera vez—, es cierto eso que dicen que las muchachas cambian cuando se casan, es en ese entonces cuando se dan cuenta de lo que tenían en el hogar paterno.

—Sí Señora Royne, debo confesar que me está resultando un poco más difícil de lo que creía —añadió Audrey sentándose en el sillón mientras ordenaba que sirvieran el té—. Pero no hablemos de mí, dígame como están mis hermanas.

—He venido justamente por esta cuestión, lamento mucho molestarte en estos días que deberías estar disfrutando de tu reciente matrimonio, pero creo que es conveniente que mañana mismo traigas a tus hermanas en esta casa —informó la Baronesa con faz preocupada.

—No hay inconveniente —aceptó pensando en cómo convencería a Edwin para que sus hermanas se trasladaran tan pronto con ellos—. ¿Pero ha ocurrido algo que deba saber Baronesa?

—No sé muy bien por dónde empezar querida... pero tu madre se presentó ayer en la residencia con fuertes signos de haber bebido...ya sabes...alcohol...no sé cómo una mujer de su posición puede caer tan bajo...la cuestión es que no pude convencerla para que se fuese ya que insiste en que todo es suyo por derecho y no tuyo. No contenta con el lamentable espectáculo que estaba formando al presentarse en ese estado en una casa noble y decente, se abalanzó sobre Karen y la abofeteó después de una discusión que mantuvieron; por eso, he pensado que si traes aquí a las pequeñas, Elizabeth no tendrá otro remedio que irse o quedarse donde está porque dudo mucho que tenga el valor de presentarse aquí en esas condiciones.

Audrey se quedó paralizada por unos instantes, ¿su madre embriagada?, no le extrañaba que abofeteara a su hermana puesto que había hecho lo mismo con ella misma, por mucho que le asqueara esa actitud, ahora mismo lo que más le inquietaba es que la Duquesa Viuda de Devonshire fuera paseándose con claros signos de embriaguez. Debía tener una conversación con ella en persona y ella misma traería a sus hermanas a Dunster.

—Baronesa, deme unos minutos para que pueda hablarlo con mi marido.

—Por supuesto.

Audrey se levantó y se dirigió al despacho, por suerte ya se conocía al menos ese camino.

—Edwin, necesito hablar contigo —empezó la joven nada más entrar en la sala haciendo que Edwin levantara la vista de su lectura.

—Dime, pero rápido...

—Se trata de mis hermanas, necesito traerlas a Dunster —dijo Audrey en tono imperativo haciendo que Edwin soltara un sonoro resoplido de cansancio.

—¿Por qué resoplas? Te recuerdo que al casarte conmigo te convertiste en su tutor y es tu deber tenerlas bajo tu protección — señaló Audrey apuntando al punto débil del licántropo.

—Está bien, manda a Williams a por ellas —sentenció Seymour volviendo al libro.

—Verás, es que debo ir yo a por ellas...

—Claro, y de pasada parar en una de esas fábricas tuyas. No entiendo como una mujer que se preocupa tanto por su reputación no se pueda preocupar por la de su marido e ir paseándose por esos lugares. No, que vaya Williams, no hay ninguna necesidad de que vayas tú, ¿o acaso hay algo más que deba saber?

Audrey meditó por unos instantes, ¿qué clase de familia pensaría que tenía si supiera que su madre se dedicaba a beber y a pegar a sus hijas? No podía bajo ningún concepto explicarle tal situación, ya tenía suficiente con que supiera que su progenitora detestaba a su prole así que, por miedo a que descubriese esa lamentable situación, aceptó que el mayordomo fuera a por sus hermanas y ya hablaría en otra ocasión con Elizabeth Cavendish.

Capítulo 29

Misterios

El reencuentro entre las hermanas fue emotivo puesto que nunca antes se habían separado, Audrey no podía creer lo mucho que las había echado de menos. La llegada de las cuatro pequeñas supuso una bocanada de aire fresco para todos los ocupantes del palacio de Dunster, aunque todas ellas eran educadas y sabían comportarse la presencia de tantas damas jóvenes parecía alegrar el ambiente y a los empleados que empezaban a parecer personas y no una parte más de la tosca decoración. Junto a ellas, también vinieron la institutriz y las doncellas, pero no así la Baronesa viuda que decidió quedarse unos cuantos días más en Bath por no importunar aún más a la joven pareja.

Por un momento Audrey temió que su madre también hubiera insistido en ir con ellas y aparecer en el domicilio de su marido, pero por suerte no fue así. Tal parecía que aún conservaba un poco de la dignidad que se la había esfumado, cuando sus hermanas le contaron lo sucedido no daba crédito. Por supuesto que lamentó lo sucedido por Karen, pero era peor que alguien más se enterara puesto que Elizabeth iba a empezar su primera temporada en breve y lo último que necesitaba su hermana era un escándalo de tal magnitud. Ya tenía suficiente con tener que explicar que ella y su marido eran sus tutores en lugar de su propia madre.

—Oye Audrey tienes que hacer algo con esta decoración tan espantosa, mucho lujo, pero poco gusto –comentó con descaro Karen, saliendo de la habitación que le había sido asignada.

—¡Karen! Por favor… qué bochorno —reprendió Elizabeth

—¡Este castillo es enorme! Tal pareciera que estuviéramos en un cuento medieval, dime, ¿ya conoces todo el edificio? —se asombró Georgiana

—La verdad es que sólo conozco lo necesario, no he tenido mucho tiempo de indagar.

—¡Yo quiero ver! —dijo una emocionada Liza al verse metida en una nueva aventura que para ella parecía más un juego—. ¡Y también quiero ver a Edwin! —sentenció ante una mirada dubitativa por parte de su tutora puesto que no sabía si su marido se dignaría a salir de su guarida para saludarlas.

—De momento si os parece vayamos a dar un paseo por la casa.

Todo el servicio quedó desconcertado al ver a cinco damas recorrer el lugar, realmente era enorme, eran salas y más salas llenas de armaduras, tapices y candelabros, así como obras de arte de gran valor y jarrones. Las cuatro pequeñas iban hablando con ánimo y comentando cada estancia mientras Audrey intentaba memorizar cada lugar que, por lo visto, sería imposible hacerlo en un sólo día.

—Oye Audrey, ¿y esa torre que se ve ahí? —preguntó Georgiana asomada a un gran ventanal.

—Por lo visto ese fue el edificio que el primer Lord de Somerset construyó en estas tierras, con el tiempo se construyó éste otro quedando ese más anticuado y más pequeño.

—¿Pero vive alguien? Parece que puedo vislumbrar la luz de algunos candelabros.

—Vive el padre de Edwin.

—¿Ahí? ¿Y por qué vive ahí solo? —interrogó Elizabeth al no poder entender que un padre estuviera tan lejos de su hijo, aún tenía el dolor de la muerte del suyo en el pecho y por nada del mundo permitiría que viviera en otro lugar lejos de ella, si fuera necesario lo seguiría.

Audrey se quedó callada y meditando, a decir verdad, ella no sabía nada de su marido. Sólo sabía que poseía un carácter díficil y unas formas poco adecuadas pero que era un hombre en el que se podía confiar, nada más. No sabía nada de su familia ni de sus verdaderos pensamientos.

—¡Vayamos a verlo! —propuso Liza.

—Oh no pequeña, no es el momento...es la hora de comer, vayamos al salón principal.

Como era de esperar, Lord Seymour no se presentó en la comida, por lo visto había salido a resolver unos asuntos políticos sin avisar a Audrey, no es que tuviera la obligación de hacerlo, pero sí que al menos esperaba esa cordialidad por su parte. Había cambiado tanto desde el día que fue a la fábrica... ¿tan grave era que quisiera ocuparse de sus obligaciones ella misma?

Ya en la tranquilidad de su recámara y habiendo dejado a sus hermanas con la institutriz, empezó a pintar el paisaje que veía por la ventana. Hacía mucho tiempo que no realizaba tal actividad, y parecía que lo necesitaba, al menos para relajar su mente por unos minutos. Pero tal cosa no pudo suceder ya que de pronto escuchó como la puerta de la habitación contigua se abría. Dispuesta a pedir a su marido que fuera a ver a su hermana Liza ya que no hacía otra cosa que preguntar por él, se dispuso a pasar la puerta que comunicaba con la otra estancia. Sin embargo, unos murmullos la detuvieron y no es que fuera dada a escuchar detrás de las puertas, pero le interesaba sobre manera quién podría estar susurrando en la habitación de su esposo.

—Vamos Edi, no puede ser que esa Remilgada de esposa que te has buscado te haya cambiado tanto como para no querer disfrutar de mis servicios, siempre lo pasamos muy bien tu y yo en la cama o ¿acaso te has olvidado?

Audrey pensó por un momento que podía ser Alicia puesto que había venido junto a las otras doncellas y aún no había tenido la oportunidad de despedirla por su actitud tan escandalosa en el día de su boda, pero la lógica le decía que no podía ser ella porque la misteriosa mujer hacía referencia a un tiempo prolongado y su doncella había conocido a Edwin recientemente.

—Vete si no quieres que te saque por la fuerza —escuchó decir al heredero de Somerset sin ningún ápice de sentimiento.

—Oh no, no te atreverías a tanto, imagínate qué pensaría tu esposa si supiera que has traído tu amante hasta aquí.

¿Edwin la había traído? ¿Y ahora la echaba? No entendía nada, ¿sería que había querido disfrutar de los placeres de otra carne y ahora se arrepentía? Pero de todas formas le dolía si era así puesto que eso significaba que ella ya no estaba en su mente y que poco faltaba para que fuera en busca de otro cuerpo. Deseo... era lo único que su marido había sentido por ella y ya se había olvidado. Parecía que la mujer decía la verdad puesto que no se escuchó respuesta por parte de Edwin sólo un forcejeo en el que, por lo visto, Lord Seymour se había atrevido a sacar por la fuerza a su amante del edificio.

—¡Y que no vuelva entrar! —escuchó que ordenaba a uno de sus lacayos después de unos minutos mientras volvía a encerrarse en su recámara.

¿Debería entrar y pedirle explicaciones? ¿De verdad quería convertirse en el tipo de mujer que se mostraba ante su marido enloquecida de celos por sus amantes? Después de la humillación de que trajera a esa cortesana en la casa marital, no le daría el gusto de demostrarle que le había dolido. Al fin y al cabo, no tenía que ser una novedad para ella el que sólo uno de los dos estuviera enamorado. Apoyada en la puerta que la separaba del hombre que amaba, ahogó un llanto mientras se juraba a sí misma no volver a yacer con ese hombre, aunque tuviera que escapar para conseguirlo.

Edwin no entendía cómo se había podido colar Ludovina hasta su recámara y mucho menos como había tenido la osadía de presentarse en su propiedad, nunca le había dedicado más que encuentros lujuriosos en sus noches más solitarias, ¿de verdad había creído que él había sentido algo más de lo que puede sentir un hombre por una cortesana? Sabía que existían caballeros que habían llegado a enamorarse de alguna de ellas, pero él que ni siquiera estaba enamorado de su esposa, ¿cómo podría estarlo de una mujer que compartía el lecho con medio Londres? Sólo esperaba que al menos Audrey no se hubiera enterado de ello, a pesar del distanciamiento que se había producido entre ambos, no deseaba herirla. En resumidas cuentas, era su esposa y se merecía respeto; además, si quisiera disfrutar de los placeres carnales sólo podría hacerlo con esa dichosa mujer, la cual se había apoderado de todos sus pensamientos y sus deseos desde el primer día que la vio cual luna hechizando a un lobo.

Capítulo 30

La torre

Desde el día que Audrey supo que Edwin había traído a su amante en casa se mantuvo distanciada y más fría que nunca de su marido, intentaba evitar a toda a costa quedarse a solas con él, incluso había empezado a trabajar en su propia recámara por no tener que ir a su despacho. Tan sólo salía para comer con sus hermanas o para verificar que éstas mismas recibían las atenciones necesarias de su parte.

No era que Edwin no notara la ausencia de su esposa, pero debido al gran trabajo acumulado que tenía y a su orgullo no buscó ni preguntó por ella, dando a entender de esta forma a Audrey que, efectivamente, su cónyuge ya no tenía interés por ella. Pero lo que no sabía Audrey era que el teniente, aún no se había recuperado de saber que la única mujer que lo había eclipsado en su vida se había casado con él sólo por obligación. Sólo por un beso fortuito descubierto por extraños. Cuando recordaba que esa misma mujer lo había rechazado en matrimonio le hervía la sangre y sólo de pensar que se había tragado su orgullo con una dama que había admitido no importarle nada, le provocaba guardarse sus deseos más carnales cada vez que pasaba por delante de su recámara.

Por exigencias de las más pequeñas, Audrey accedió a dar un paseo por el patio a caballo mientras Liza, que aún no tenía la edad para montar, jugaba con las flores del jardín junto a la doncella.

—Es agradable tomar un poco de aire fresco —declaró Elizabeth montada en una yegua blanca de lo más dócil.

—¿Agradable? Esto es la vida misma, estoy harta de tanta clase con la institutriz —agregó Karen espoleando a su semental, tenía gracia que a pesar de ser una de las más pequeñas era la que mejor montaba de todas, en realidad, todo tipo de actividad al aire libre se le daba bien a la melliza.

—Karen, no corras tanto, y no quiero escuchar más quejas sobre las clases, sabes que son necesarias —reprendió Audrey trotando a un ritmo gentil acompañada de Georgiana que cabalgaba a la hermana de su yegua.

Mientras Karen adelantaba el paso y Elizabeth se quedaba rezagada, Audrey y Georgiana detuvieron su paso al ver a un señor un tanto mayor con un maletín entrar en la torre.

— ¿Ese es tu suegro? —preguntó la pelirroja.

—No lo creo, su ropaje no es para nada acorde a un Duque, más bien por el maletín diría que es un Doctor —contrastó la futura Duquesa de Somerset.

—¡Oh! ¿No será que el Duque está enfermo? Aun no entiendo que es lo que hace ese señor alejado de la residencia principal, ¿será que no se lleva bien con Lord Seymour?

—No lo sé Gigi, en realidad no sé nada de Edwin...

—Por cierto, a penas lo he visto desde que hemos llegado, ¿todo bien entre vosotros? —preguntó Georgiana dejando sorprendida a su hermana mayor por la madurez que mostraba.

—La verdad es que últimamente estamos bastante distanciados en realidad nunca estuvimos cerca... a veces pienso que si no fuera por ese beso fortuito no nos hubiéramos vuelto a ver. Pero la cosa se empeoró cuando fui a una de las fábricas que tenemos aquí en Bath...

—¿Fuiste sola? Audrey... siempre has dado a entender que te importan las apariencias, Lord Seymour sabe de tu obsesión por mostrar una imagen intachable ¿qué crees que habrá pensado cuando ha visto que has actuado de tal forma habiendo puesto en peligro su reputación? Ya sabes que el marido que permite que su mujer trabaje es un marido pobre o bien vago. Creo que habrá pensado que no te importa lo más mínimo su bienestar a pesar de que te preocupas por el tuyo incluso en demasía— argumentó la pequeña, que siempre había resaltado por su elocuencia e inteligencia.

—Tienes razón...dichosa sociedad, ¿por qué si una mujer trabaja significa que su marido no es lo suficiente hombre? La verdad es que no había pensado en eso Gigi, además debo confesarte que en una acalorada discusión presa del enojo le dije que sólo me había casado con él por no manchar mi reputación con el escándalo del beso...

—Entonces ya sabes por qué está distante, le has dado a entender que eres una dama superficial y egoísta, ¿por qué no intentas hablar con él cuando regreses? Además, si supiera que en realidad tú provocaste ese beso se le quitaría de la cabeza que sólo te casaste por obligación, aunque ello conllevase confesar que no eres tan perfecta —terminó Georgiana azuzando el caballo para escapar antes de que Audrey la reprendiera por tal afirmación.

La pelinegra se quedó unos instantes enfurecida por el descaro de su hermana, pero tenía que admitir que en el fondo tenía razón. Si hablara con su marido y le confesara que había ideado un plan para casarse con él quizás solucionaría las cosas, pero también cabía la posibilidad de que pensara que sólo lo había hecho para conseguir el Ducado de Devonshire; fuese como fuese no había manera de solucionarlo, además no se le olvidaba que había traído a su amante en casa, eso sí que no lo podía perdonar.

—¡Aaaaah! —un grito espeluznante resonó en el interior de la torre y llegó a Audrey que se encontraba trotando a paso lento por debajo de una de las ventanas de dicho edificio. Inmediatamente la nueva Señora de Somerset espoleó a su yegua hasta la puerta del edifico donde desmontó y tocó la puerta. Una anciana que apenas se podía sostener en pie y con más arrugas que años abrió el portón.

—No se admiten visitas, debe ir al edificio principal si desea hablar con alguien —se apresuró a decir la mujer cerrando la puerta, pero Audrey se lo impidió con su cuerpo, cosa que no le resultó difícil puesto que la pobre empleada no podía ofrecer mucha resistencia ante el cuerpo de una joven.

—¿Hablar con alguien? Soy Audrey Seymour, su nueva Señora y exijo entrar, he escuchado un grito y quiero saber qué sucede —ante tal afirmación pareció que el semblante de la anciana se iluminaba por unos instantes para volver otra vez a su tonalidad grisácea habitual.

—Señora, disculpe no había tenido el placer de conocerla, déjeme que luego vaya a presentarle mis respetos me llena el corazón ver, que, por fin, Edwin se ha casado y, por lo que veo, con una dama muy bella y educada pero no entre, no es necesario...

Audrey notó que la mujer conocía muy bien a su esposo y además tenía confianza como para llamarlo por su nombre, pero no se dejaría intimidar, empujó la puerta y entró con paso decidido al edificio seguida por la nerviosa anciana que no paraba de rogarle que se marchara sin éxito.

El lugar estaba totalmente vacío, al parecer no había ningún otro criado que esa anciana, a la joven le dio escalofríos al ver la casa tan oscura y dejada sin un ápice de luz más que el de unos cuantos candelabros. Con su andar recto y el mentón alto entró a lo que debía haber sido el salón principal y se quedó asombrada al ver a un hombre muy parecido a su marido retratado en un cuadro enmarcado de oro que colgaba encima de una chimenea con signos de no haber sido usada en la última década. Se quedó por unos segundos observando la pintura, era un hombre con los ojos celestes como los de Edwin y el pelo castaño, incluso parecía más apuesto que él.

—¡Aaaah! —otro grito resonó en el edificio y esta vez Audrey pudo identificar de donde provenía, con un paso acelerado empezó a ascender por una estrecha escalera que daba a una pequeña y sencilla puerta de madera.

—No entre Señora se lo suplico, al señor Edward no le gustará, es por su bien...

Haciendo caso omiso a las súplicas de la anciana, Audrey abrió la puerta de un movimiento seco y decidido pero lo que vio le estremeció cada rincón de su ser hasta el punto de querer desfallecer o huir, pero no lo haría, Audrey Seymour no se asustaba con facilidad.

Capítulo 31

Oscuridad

A pesar de notar su pulso acelerado y su respiración agitada, Audrey hizo el esfuerzo de no gritar ni mostrar ningún sentimiento por lo que estaba viendo tal parecía que tantos años practicando la impasibilidad ahora le servían realmente para algo. Lo que sus ojos estaban viendo aún su cerebro lo estaba progresando, un hombre de complexión robusta y pelo muy parecido al su marido yacía en la cama con la piel llena de erupciones, por lo menos la de la cara y las manos que eran las partes visibles. La joven rápidamente dedujo que se trataba de su suegro ya que al lado se encontraba el señor que había visto entrar con unas pinzas y un trapo con el que debería estar aplicando algún tipo de ungüento sobre esas heridas cutáneas.

—¿Quién es? —preguntó el enfermo que apenas podía ver puesto que tenía los párpados caídos.

—Señor, es un placer conocerle, soy Audrey la esposa de su hijo —dijo logrando no titubear y entrando en la estancia con dos cortos pasos; el señor pareció sonreír aunque era difícil de saber por la condición demacrada de su faz e intentó incorporarse un poco para poder ver mejor a la mujer que había logrado casarse con su hijo—, disculpe el atrevimiento de entrar sin su permiso pero como escuché unos gritos pensé que debía ver qué estaba sucediendo —se justificó la Señora Seymour temiendo haber faltado el respeto al Duque de Somerset.

—Ahora esta es tu casa, eres libre de entrar donde desees —respondió con una voz debilitada haciendo una seña al doctor para que se retirara el cual obedeció después de despedirse debidamente de todos los presentes. Edward cogió una máscara metálica que tenía en su mesita y se enguantó las manos con unas vendas invitando a la dama a sentarse en un sillón que quedaba a unos cuantos metros de su lecho y en el que muy educadamente Audrey se sentó con la esperanza de poder conocer algo más de la familia de su marido—. Discúlpame por no haber ido a conocerte antes, pero como verás he estado algo ocupado —dijo de forma sarcástica dando a entender a Audrey de quién había sacado el cinismo su marido.

—Señor, me gustaría saber de qué dolencia padece y si puedo hacer alguna cosa para mitigar su dolor, tenga por seguro que si hubiera sabido antes de su situación no habría tardado tanto en visitarlo, pensé que no quería ser molestado.

—Vaya, vaya qué mujer más responsable y bella ha conseguido mi hijo, pero qué porte tienes, mírate… ¡quién pudiera ser Edwin! sé de algo que pudieras hacer para apaciguar mi dolencia —anunció la alimaña ante la sorpresa de Audrey por un cumplido tan directo y poco apropiado.

—Vamos querida, el señor querrá descansar —intervino la anciana que aún no se había marchado.

—No, deja que se quede… me vendrá bien un poco de compañía y sobre todo femenina…ahora que por fin mi hijo se ha dignado a traer una mujer en esta casa habrá que aprovecharlo, tendrá que compartir a tan buena pieza con su padre…

Edward Seymour, Duque de Somerset, se levantó a pesar de sus dolencias y empezó a acercarse de forma peligrosa a la joven haciendo que ésta por primera vez en su vida temblara y su juicio se nublara, no se podía creer que ese hombre fuera el padre de su esposo. A pesar del fuerte temblor que sintió Audrey intentó levantarse lo más rápido posible para huir, pero al querer levantarse tan rápido se tropezó con la moqueta y se cayó al suelo. Pensó que era su fin, pero una voz fría e intimidante detuvo a la sabandija que tenía por suegro.

—Apártate de ella ahora mismo —imperó Edwin desde la puerta con el semblante más furioso que nunca y una mirada que atemorizaría a cualquiera provocando que su padre reculara para volver a sentarse en la cama desde donde soltó una sonora carcajada.

—Ya veo, realmente estás enamorado…y no es para menos, el temple y el porte de una Reina y el cuerpo de una de las cortesanas mejor pagadas…

El teniente desenfundó su pistola dispuesto a acabar con la vida de ese canalla, pero una suave mano encima de la suya y una mirada firme lo detuvo sin necesidad de palabras. Audrey se posicionó detrás de su esposo cuando vio que volvía a enfundar la pistola dispuesta a abandonar la estancia, no permitiría que Edwin matara a su propio padre por mucho que se lo mereciera.

—Morirás como has vivido, sólo espero el día en que se me notifique tu muerte —ultimó Edwin cerrando la puerta con llave—. Nana, a partir de ahora ya no hace falta que el doctor venga, es sólo prolongar una muerte segura y además necesaria.

Por lo visto esa anciana había sido la nana de Edwin cuando éste era pequeño por eso tenían tanta confianza entre ellos. Audrey se mantuvo callada y siguió a su marido hasta el exterior a pesar de que todavía no le había dirigido la mirada.

—Edwin…—empezó Audrey al ver que el caballero con paso seguro y acelerado cruzaba el patio para adentrarse en la propiedad, pero el hombre siguió andando hasta el despacho donde se detuvo y se sirvió una generosa copa de coñac aún con el ceño fruncido—. Edwin… —repitió la dama consiguiendo que, de una vez por todas, le dirigiera la mirada. Sin embargo, fue la mirada más llena de dolor e impotencia que Audrey jamás había visto. La joven se acercó poco a poco al lobo herido y lo abrazó a pesar de que éste seguía con la copa en la mano y con la mirada en el frente.

Capítulo 32

Comprensión

Audrey seguía abrazada a Edwin el cual seguía en la misma posición sin inmutarse por la presencia de su esposa. Sin embargo, Audrey se vio con la obligación y el deseo de quedarse con su cónyuge puesto que sabía por experiencia propia lo que era que un progenitor no te amara.

—Edwin háblame por favor —insistió la joven soltando el cuerpo de su marido para poder mirarlo a la cara la cual seguía ensombrecida.

—¿Qué quieres? ¿Acaso me preguntaste si podías entrar en esa casa? —respondió al fin.

—Debo admitir que fue mi error, pero al escuchar unos gritos quise saber qué sucedía, tienes que entender que no soy una mujer que elude sus responsabilidades, como nueva Señora de Somerset había de saber qué estaba sucediendo...

—¿Y ahora qué? ¿Qué has ganado en saber esto? Tú, la mujer perfecta te has casado con un hombre que tiene un padre leproso en todos los sentidos, ahora ya ni siquiera me mirarás a la cara —inquirió Edwin tirando la copa dentro del fuego causando que Audrey cerrara los ojos por el fuerte estruendo.

—¿Qué no te miraré a la cara? ¿Qué clase de mujer crees qué soy?

—Una mujer superficial, egoísta y arrogante... ¡Ah! Y además, remilgada.

—Seré todo eso que tú dices, pero hay algo que me importa más que las apariencias o mis propios propósitos...

—¿Ah sí? ¿El qué? ¡Ah ya! No me lo digas, tus hermanas...es verdad...tú, tus hermanas y tu Ducado, eso es lo importante para ti. Por eso no me quería casar contigo ni siquiera quería casarme hasta que mi padre muriera, justamente para evitar esto que acaba de suceder hoy...—ultimó Edwin sentándose agotado y con la cabeza entre las manos en un sillón.

Audrey se quedó meditando unos instantes las palabras de ese hombre atormentado si supiera que lo que le importaba más que sus propósitos era él, la dama anduvo hasta el busto que representaba el padre de Edwin y pasó la mano por la piedra fracturada ante la atenta mirada de su marido que con ese acto recordó lo bien que se sintió por primera vez en su vida cuando esa condenada mujer tocó sus heridas, no podía sacársela de la cabeza por mucho que lo intentaba, quería odiarla pero algo en su interior se lo impedía.

—¿Qué pasó realmente?

—Cierra la puerta y siéntate aquí —ordenó el teniente señalando uno de los sillones que le quedaban en frente a lo que Audrey obedeció y se sentó a la espera de que le contara qué había ocasionado tal situación ya que por lo que ella sabía sus padres habían sido personas de intachable reputación—. Te lo contaré ya que después de lo que has visto poco me queda por perder, cuando yo tenía dieciséis años mi madre tuvo un aborto con el que los médicos determinaron que ya no podría tener más hijos, mi padre frustrado por no poder tener más descendencia y no poder divorciarse de su esposa puesto que había cumplido con su obligación de engendrar un heredero, se marchó a la India en una expedición militar. Por dos largos años se mantuvo fuera de casa sin comunicarse con nosotros, dejándonos a mi madre y a mi solos con el Ducado pero a pesar de que yo rogaba a mi madre que solicitara el divorcio siempre me respondía lo mismo: *"Por encima de todo está el deber hijo"*, así que día tras día vi como mi madre se apagaba mirando por la ventana por si veía regresar al bastardo de mi padre, hasta que al final su esperanza cobró vida y el...y el muy desgraciado volvió . A pesar de todo el daño que nos había hecho lo volvimos a acoger como si nada hubiera pasado, yo sólo lo hice por mi madre la cuál siempre amó a ese mal nacido... poco después del regreso de Edward, mi madre empezó a enfermar sin explicación hasta que supimos que había sido contagiada por una enfermedad venérea mortal, regalo de mi padre puesto que durante su estadía en Asia mantuvo relaciones con otras mujeres y hasta tuvo otros hijos...

—Pero... ¿cómo lo sabes? —se atrevió a preguntar Audrey que cada vez entendía más algunas de las extrañas actitudes de su marido.

—Porqué él mismo se atrevió a explicarlo a mi madre en su lecho de muerte y yo lo escuché todo, cuando esa santa mujer murió decidí entrar en el ejército para no estar cerca del hombre que había matado al único ser que realmente me había amado, pero al volver de una de las batallas en las que me hicieron esto —explicó señalando por encima de la ropa una de las cicatrices que tenía en el pecho—. Descubrí que mi padre no sólo estaba enfermo de lepra, sino que había convertido el castillo de Dunster en un burdel, las cortesanas de todo Inglaterra se paseaban por esta casa pero lo peor de todo fue saber que había violado a algunas empleadas...

—¡Dios mío! —Audrey se estremeció y no aguantó más las lágrimas que amenazaban con salir, se arrodilló y colocó sus manos sobre las rodillas de Edwin suplicándole con la mirada que continuara, quería que se vaciara y que dejara ir todo el dolor que tenía acumulado.

—Quise irme y renegar de todo, no quería nada de ese hombre ni siquiera su apellido, pero recordé las palabras de mi madre... *"Por encima de todo está el deber hijo"*, así que me quedé, no dejaría que su muerte fuera en vano. Inmediatamente el servicio empezó a obedecerme más a mí que a él por evidentes razones y al final pude conseguir recluirlo en esa torre bajo la amenaza de denunciarlo frente a las autoridades...tiene gracia...a pesar de todo no quiere dejar de ser un "caballero" ante la sociedad, por eso es que accedió a quedarse ahí mientras él siguiera siendo el Duque de Somerset. A la única persona que dejé en su cuidado fue a mi nana, la anciana que me cuidó desde pequeño, ya que sabía que no sería una tentación para ese monstruo aficionado a violar a doncellas... —terminó Edwin sintiéndose mucho más liberado y enfocando por primera vez la vista en su esposa que lo miraba con ¿compasión?, no sabía muy bien definir la mirada de la joven Audrey, pero sabía que su cercanía era lo más reconfortante que tenía en su vida. Dejando de lado el rencor, la cogió por los brazos y la levantó para sentarla sobre sus rodillas, y así los dos recostados en el mismo sillón y abrazados se quedaron dormidos.

Capítulo 33

Ludovina

—Vaya, vaya... ¡Pero qué bonita pareja! —exclamó Ludovina al ver que el hombre que amaba estaba durmiendo con una dama mucho más elegante y distinguida que ella, a pesar de ser una cortesana, había albergado esperanzas de que ese hombre la quisiera, había cometido el error de enamorarse de él. Audrey abrió los ojos de golpe, así como Edwin que no tardó en ponerse de pie dejando con delicadeza a su mujer en el suelo para sacar a esa loca de su casa. No era dado a dar golpes a las mujeres, pero ésa en concreto estaba abusando de su paciencia.

—¿Cómo has conseguido entrar? ¡Sal de aquí ahora mismo! —sentenció el señor de la casa señalándole la puerta.

—Así que me has sustituido por ésta...—dijo Ludovina haciendo caso omiso a las palabras de Edwin mientras repasaba de arriba a abajo a la mujer que había logrado apartar de la soltería a dicho caballero—. No es para tanto, por lo menos pensé que sería rubia, tal y como a ti te gustan —añadió con malicia removiendo su larga melena dorada.

Audrey pensó en darle una merecida bofetada, pero prefirió no rebajarse a su nivel mirando simplemente a otro lugar, como si ella no estuviera presente.

—¡Ya está bien, fuera! —Edwin cogió por el brazo a esa mujer de mala gana para echarla él mismo del lugar, pero algo detuvo el forcejeo.

—De acuerdo, ya me voy, pero espero que por lo menos reconozcas a tu hijo puesto que estoy embarazada de ti...—soltó de golpe la maliciosa mujer de vida alegre mientras sonreía al ver que por fin captaba la atención de esa damita Remilgada.

La nueva Señora Seymour no podía creer lo que estaba escuchando, ¿embarazada? ¿Una cortesana llevaba el hijo de su marido?

—¿De cuánto está? —preguntó Audrey viendo que Edwin no reaccionaba.

—De un mes...—Edwin entró en cólera puesto que supo al instante que se trataba de un juego sucio ¿cómo iba a estar embarazada de él desde hacía un mes si hacía por lo menos dos meses que no yacía con esa mujer? Pero antes de que pudiera aclararlo Audrey salió corriendo de la estancia.

No se lo podía creer, ya no sabía cuál era peor si el padre o el hijo, por lo menos el padre esperó a que su mujer le engendrara un heredero para irse con otras, por el contrario, Edwin empezó con sus infidelidades nada más casarse con ella. ¿Tan poco había sido para él? Cierto que no era una novedad el que su esposo sólo la había deseado, pero a menos esperaba algo de respeto por su parte... ya que no la amaba como ella sí que hacía desde el día que le entregó su virtud. Rápidamente fue en busca de sus hermanas y les ordenó no salir del castillo hasta que volviera ni siquiera al patio, viendo lo que había visto de su suegro no quería que sus hermanas se expusieran a tal peligro; después fue en busca de la Señorita Worth y le ordenó quedarse al cargo de las pequeñas junto al resto de las doncellas que habían ido con ella. Entre ellas, aún estaba Alicia. Paró por un momento y observó a la que había considerado su única amiga durante su primer año de temporada, ¿sería verdad que su marido la había besado el día en que le pidió matrimonio? ¿por qué creyó antes en ese cínico que en su propia empleada? Además, según había dicho esa mujer, a su marido le gustaban las mujeres rubias y Alicia lo era...así que todo encajaba. Después de dejarlo todo en orden cogió lo indispensable en una maleta y salió del palacio con la intención de volver al día siguiente y exigirle el divorcio a su marido, pero antes debía ir a la casa de Bath para hablar con la Baronesa. Necesitaba su consejo de cómo proceder y ver si podían quedarse de nuevo en esa casa cuando volviera a estar soltera.

El viaje a su residencia no fue largo, en cuestión de tres horas llegó. Pero se extrañó al ver que no salía el mayordomo para recibirla. Pensó que como no había avisado de su llegada estaría ocupado en otro menester. Así que simplemente al llegar a la puerta intentó abrirla, pero se encontró con que estaba cerrada hecho que achacó al posible miedo que tenían los ocupantes de los cartistas así que decidió tocar unas cuantas veces. Al ver que nadie abría empezó a creer que algo estaba sucediendo pero confiada en encontrar a alguien en su propia casa continuó aporreando. Ya había hecho volver el carruaje de los Seymour de vuelta a su propietario y ahora no podía ir a avisar a alguien de lo que estaba sucediendo, meditó por unos instantes qué debía hacer pero en base a las experiencias pasadas en las que había salido perjudicada al adentrarse en lugares claramente poco recomendables, con el corazón en un puño por la Baronesa inició la salida de la propiedad a pie.

—¡Alto! —una voz masculina y el repicar de un gatillo sonaron en las espaldas de Audrey.

—¿Quién es? —preguntó la asaltada sin reconocer la voz del atacante, ¿sería un cartista? Por suerte desde lo sucedido con su padre ella ya no salía sin su pistola, pero el inconveniente es que la llevaba en el liguero y era prácticamente imposible desenfundarla en semejante situación de desventaja así que se limitó a seguir las órdenes del desconocido que, misteriosamente la guio de vuelta a su propia casa. ¿Sería que esos revolucionarios habían tomado su propiedad? ¿Habrían acabado con la Baronesa? ¿Dónde estaría su madre ahora? Eran preguntas que por el momento no podría resolver ya que sólo entrar en el recibidor de la casa, la misma persona que abrió la puerta le vendó los ojos. Lo único que había podido entender que fueran quienes fueran se trataba de una mujer y un hombre.

Edwin andaba de un lado para otro en el patio a la espera del carruaje que había cogido su esposa, puesto que estaba seguro de que volvería al comprobar que sus hermanas seguían en Dunster. Cuando escuchó el rápido trotar de los caballos alzó la vista y se alegró de ver el vehículo de vuelta, debía contarle a Audrey toda la verdad sobre Ludovina y aclarar todo el asunto del embarazo. En el mismo momento en que se quedaron solos la cortesana confesó que había sido una mentira inducida por los celos y prometió, bajo la amenaza de Edwin, no volver a importunarlos jamás. De hecho, incluso la misma mujer se ofreció a hablar con Audrey para aclarar el malentendido, por ese motivo y sólo por ese es que Ludovina seguía en la casa pero en el salón de visitas y ante la mirada despectiva del servicio, que sabía de sobras que su señor no era para nada como su padre a pesar de haber tenido a sus amantes durante su soltería.

Cuando vio que el carruaje no tenía intenciones de detenerse delante de la puerta alzó el brazo para ordenar al lacayo que se detuviera.

—¿Dónde está mi esposa?

—Señor, la he llevado a su residencia de Bath —contestó el mozo temblando de miedo ante el rostro de su señor, desfigurado por momentos.

—¿Y quién te dio esa orden? —interrogó Edwin cogiendo al empleado por la camisa.

—La Señora Seymour señor —se apresuró en responder el joven consiguiendo que el teniente soltara su agarre.

Estaba harto de esa condenada mujer, lo iba a volver loco, ¿qué tenía que hacer en Bath? Podía comprender su enojo pero ese era un acto fuera de lugar, anduvo a paso apresurado hasta el establo y él mismo ensilló a su semental dando la orden a sus lacayos de proteger la residencia principal y bajo el mandato estricto de no dejar entrar a nadie, ni a su propio padre. No quería que en su ausencia ocurriera nada a sus protegidas. Espoleó al caballo y emprendió la marcha a un ritmo acelerado.

Capítulo 34

Traición

Audrey no podía creer que estuviera otra vez en peligro, en los últimos dos meses de su vida había vivido más situaciones arriesgadas que en sus diecisiete años. Quien fuera que fuese el hombre que la había retenido con una pistola, ahora la estaba empujando por lo que parecía la ascensión de unas escaleras, imaginaba que eran las escaleras principales puesto que no habían andado mucho más allá del recibidor. Eso significaba que o, bien en la casa no había nadie, o que todos estaban en la misma situación que ella o peor; más bien se decantaba por la segunda opción ya que era imposible que en la propiedad no hubiera ni siquiera alguien del servicio. Lo que más le acongojaba, aparte de su propia situación, era la incertidumbre del paradero de la Baronesa.

Finalmente pareció que había llegado al fin del recorrido que no había sido fácil con la venda puesta en los ojos y las fuertes manos de ese intruso en sus brazos.

—¡Siéntate! —ordenó su captor a lo que Audrey obedeció facilitando así que le ataran las manos con una cuerda. A pesar del miedo que sentía intentó concentrarse al máximo en cualquier indicio que pudiera orientarla en la situación, notaba la respiración agitada de otra persona en la sala, así como la presencia de la mujer encapuchada que le había vendado los ojos en la entrada. De momento eran cuatro: ella, otra persona que parecía estar en la misma situación por la respiración agitada, el captor y la mujer misteriosa.

—¿Qué haremos? No estaba en nuestros planes raptar a la esposa del de Somerset, el plan era entrar y llevarnos a la vieja —dijo una voz masculina intentando parecer discreto pero que Audrey podía escuchar perfectamente.

—No podíamos arriesgarnos a que se marchara y diera la voz de alerta antes de que llegáramos al lugar de encuentro con el resto del grupo—se pronunció por primera vez la mujer la cual tampoco era conocida por la joven.

—La estúpida de Alicia no ha hecho bien su trabajo, dijo que si pasaba cualquier cosa nos avisaría y mira, aquí está esta zorra Señorita interponiéndose en nuestros planes. Ya te avisé que no sería una buena ayuda.

¿Alicia? ¿No sería la Alicia que ella conocía? Audrey de pronto recordó que había dejado a sus hermanas solas con ella, era verdad que había la presencia de los demás empleados y, sobre todo, del servicio fiel de su esposo, pero si era cierto que ella era una traidora, no podía demorar más en acabar con esa situación. Así que sacando toda la fuerza que tenía y que le salía siempre que su familia estaba implicada empezó a actuar.

—¿Qué queréis? —preguntó Audrey como si no estuviera en situación de clara desventaja llamando la atención de los dos maleantes los cuales rieron maliciosamente.

—Queremos acabar con toda vuestra lacra, al principio sólo queríamos dar un golpe a la realeza acabando con una de sus Baronesas, pero quizás el destino nos ha servido en bandeja una oportunidad mejor, la esposa de un futuro Duque —explicó la mujer.

—¿No os serviría mejor el dinero? Puedo daros unas cuantas libras, las suficientes para que podáis compraros vuestras tierras y vuestra mansión, si me liberáis por supuesto os las daré, ¿de qué os serviré muerta? ¿De verdad creéis que la realeza dejará de existir por acabar con una anciana y con una mujer sin título como yo? ¿No sería mejor obtener esas libras?

—¿Dinero? Los que son como tu piensan que todo se paga con dinero, pero hay cosas que se pagan con la vida...—empezó el hombre, pero no pudo terminar puesto que su acompañante le dio un golpe en el hombro y le hizo unas señas para salir de la habitación cerrando la puerta tras de sí. Audrey liberó un suspiro de alivio por haber conseguido al menos unos minutos más para idear un plan, seguro que la mujer meditaría bien lo del dinero, al fin y al cabo, todos tenían su precio.

—Baronesa, ¿es usted? —preguntó la joven con la esperanza de que la otra mujer fuera la anciana, pero no obtuvo más respuesta que unas palabras ahogadas por una mordaza.

Edwin se apresuraba en su paso lo más que podía, hasta había hecho correr a su caballo en los tramos que eran más planos, algo en su interior le decía que algo no estaba yendo bien. Por suerte, la casa de su esposa no quedaba lejos y un jinete rápido llegaba en una hora.

Al empezar a vislumbrar la propiedad todas las alarmas del caballero se dispararon. No veía a ningún miembro del servicio y reinaba una excesiva calma, desmontó a su semental a unos cuantos metros antes de llegar para no ser visto fácilmente y se escurrió por algunos árboles hasta tener a la vista la puerta principal y los ventanales.

Observando con detenimiento todas y cada una de las grandes ventanas de la residencia distinguió a un hombre y a una mujer manteniendo una acalorada discusión, no parecían empleados puesto que no llevaban uniforme ni parecían invitados de la Baronesa o de su esposa debido a sus ropajes; que distaban mucho de las familias nobles más pobres de la región, tal parecían dos campesinos.

Rodeó la propiedad y se coló por la puerta de la cocina donde encontró a todo el servicio o, gran parte de él, maniatado y amordazado. Liberó a los lacayos y a todos los hombres jóvenes y les ordenó coger cualquier utensilio que pudiera servirles de arma. No sabía cuántos intrusos podía haber en el interior, pero lo que sí sabía que no eran muy profesionales al dejar a sus rehenes sin vigilancia. A medida que todos los empleados estuvieron liberados, con miradas de agradecimiento se mantuvieron en silencio mientras el teniente daba órdenes a algunos de ellos, incluido al mayordomo, de ir con él.

Se abrieron paso entre las diferentes salas hasta llegar al piso de arriba de donde provenían las voces alteradas de los dos plebeyos. Si la intuición del soldado no le fallaba, debía de haber un tercer integrante en el grupo.

Mientras tanto, en el palacio de Dunster, Karen había salido de su recámara para dar un paseo por el castillo puesto que aún le quedaban muchos lugares por descubrir, pero antes de que pudiera alejarse mucho de la zona de los dormitorios se percató de que había alguien en la recámara de su hermana Audrey. Claramente, era algo extraño ya que su hermana no estaba ni era la hora en el que el servicio hacía las camas. Rápidamente volvió a su recámara y cogió el arco que su padre le había regalado en secreto cuando había cumplido los catorce años, revisó que tuviera flechas y se dirigió de nuevo a la habitación de la Señora de Somerset.

Con mucho cuidado entreabrió la puerta y descubrió a Alicia cogiendo a puñados todo el interior del joyero de Audrey. Karen no tardó mucho en entender lo que sucedía e inmediatamente entró en la recámara.

—¿Qué se supone que estás haciendo con las joyas de mi hermana? —inquirió la valiente dama con el arco tensado en dirección a la doncella.

Capítulo 35

Lazos de sangre

Alicia empezó a temblar al ver a la más rebelde de las Cavendish apuntándola con el arco; sabía de sobras, por lo que había podido conocer de las hermanas, que si alguna de ellas era capaz de matar a alguien esa era Karen. Inmediatamente soltó la bolsa y alzó las manos intentando que su delatora se calmara.

—Te he hecho una pregunta ¡Responde! ¿Qué haces con las joyas de mi hermana? ¿Quién te ha dado permiso para entrar aquí? —interrogó la pelinegra.

—Cojo lo que también me pertenece —respondió sin rastro de altivez o maldad en sus palabras, realmente parecía que ella pensaba tener razón.

—¿Qué te pertenece? A ti lo que te pertenece es una de mis flechas atravesándote la yugular —sentenció Karen tensando la cuerda de su arco hasta que chirrió, Alicia cerró los ojos con fuerza temiendo su final, pero de pronto un dolor agudo le atravesó el muslo provocando que un grito de dolor resonara por toda la casa—. De momento no te mataré, pero ten por seguro que tendrás que dar explicaciones a las autoridades.

El Sr. Williams junto a otros empleados no tardaron en aparecer en la recámara después del fuerte grito, inmediatamente entendieron lo que sucedía al ver las joyas esparcidas por la cama y el joyero así que no tardaron en salir dos lacayos para avisar a la guardia mientras una de las otras doncellas que tenía nociones en primeras curas vendaba la pierna de Alicia. Una vez que todos hubieron cumplido su trabajo, Karen ordenó que la dejaran sola con la ladrona ante la mirada de desaprobación del servicio, pero el cual no tuvo más remedio que obedecer. La joven dama se sentó en un sillón delante de la traidora que permanecía maniatada en una silla un tanto incómoda y la miró fijamente con el arco aún entre las manos, pero en posición pasiva.

—¿Qué quieres ahora? —preguntó la rubia con cierto desdén.

—Quiero saber qué has querido decir con que tú también tienes derecho sobre las pertenencias de mi hermana.

—¿Y qué gano yo con contarte eso?

—Que quizás no sea tan dura con mi declaración ante el juez.

— ¡Já! Seguro, ¿qué esperar de una persona de tu clase?

—Ah, ya... eres uno de esos cartistas... podrías haberte limitado a manifestarte por ahí, ¿por qué viniste a trabajar aquí si nos odias tanto?

—No, no soy cartista, bueno... sí colaboro con algunos rebeldes que ya estarán cumpliendo su cometido, pero sólo para que me ayuden con los objetivos de mamá...

—¿Mamá? ¿Qué objetivos? —preguntó cada vez más confundida Karen.

—Tu madre es la mía también —declaró Alicia provocando que la cabeza de su medio hermana empezara a dar vueltas. No se lo podía creer, esa mujer estaba mintiendo.

—Bien, ya veo que sólo me vas a contar mentiras, mejor me voy...—ultimó la joven sin creerla y dispuesta a salir.

—No te miento. Mira aquí, verás que tengo una carta —dijo señalando con la barbilla uno de los pliegues de su falda. Karen iba a salir de la estancia e ignorarla, pero algo le decía que tenía que confirmar que esa mujer mentía así que se acercó a la muchacha y registró el pliegue de la falda sacando, efectivamente, una carta. Por lo menos hasta ahí le había dicho la verdad, con el ceño fruncido desplegó el papel amarillento por los años y leyó:

A mi querida Alicia, sabes que te he querido como a una hija a pesar de que ambas sabíamos que no nos unía nada más que el amor y el cariño que profesé por ti desde el día que Lady Elizabeth Cavendish te puso en mis brazos, no ha sido fácil criar a dos niños con el sueldo de tu padre, el Sr. Smith, pero sabes que siempre he intentado daros lo mejor a ti y a Robert. Aunque tu verdadera madre nunca te reconocerá por lo menos ha accedido a contratarte como doncella, sabes que no puedes mencionar nada sobre la verdad, puesto que nadie te creería y además supondría tu fin, no dudo de que la Señora sería capaz de usar cualquier artimaña con tal de apartarte del medio. Siempre nos tendrás a mí y a tu hermano. Te quiere, Señora Jenkins.

Karen no se podía creer lo que estaba leyendo, ¿su madre tenía otra hija no reconocida con el antiguo mayordomo de Bath? ¿Entonces el guapo mayordomo, Robert Smith, era el medio hermano de Alicia? No entendía nada.

—No consigo entenderlo del todo...

—Elizabeth Cavendish tuvo una relación fortuita con el antiguo mayordomo de la casa en Bath, el señor Smith y de ahí salí yo. Evidentemente, eso fue antes de que se casara con el señor Cavendish y tuvo que recluirse en una de sus propiedades más apartadas hasta que dio a luz, una vez que nací me regaló, por así decirlo, a mi padre el cual ya había rehecho su vida con otra mujer de la que nació Robert, al tiempo la madre de Robert murió y la Sra. Jenkins al estar en la misma casa que papá nos cuidó como si fuéramos sus hijos.

—¿Pero cómo pudo conocer mi madre al Sr. Smith si la casa de Bath pertenecía al mío? Mamá sólo fue a esa casa una vez casada con mi padre.

—El compromiso de tus padres se celebró ahí, y fue cuando Elizabeth conoció al mayordomo, por lo visto en una de las noches que se albergó tuvo un desliz con mi padre...

—Pobre papá... pero ¿cómo no supo papá de que mamá no era...? —empezó a preguntar Karen sin atreverse a terminar la frase puesto que no sabía mucho del tema, pero sí sabía que una mujer tenía que llegar intacta al matrimonio.

—Querida, hoy en día hay muchos métodos para que el marido no sepa que perdiste la virginidad antes de casarte, cuando llegues al matrimonio lo descubrirás...la cuestión es que mi madre me abandonó ya que no era digna hija de un Duque si no de un simple empleado pero cuando vio que su hijita querida, Audrey, se lo quedaba todo y ella se quedaba con casi nada, entonces acudió a mí para que le ayudara. Ella me contó que, si un juez decretaba el testamento de tu padre nulo, todo volvería a ser suyo y que entonces me daría una de las propiedades a mí. Si vas a mi habitación encima del armario encontrarás todas las cartas en las que hablamos del tema.

Karen salió de la habitación atravesando el pasillo como alma que lleva el diablo hasta llegar a la recámara de su media hermana, se ayudó de una silla para llegar a la parte superior del mueble y, otra vez, no la había mentido. Cogió todas las cartas y empezó a leer una por una, eran más de diez cartas que su madre había enviado a Alicia con órdenes de destruir el matrimonio de Audrey, de robarle las joyas y... ¡No podía ser cierto! De avisar si alguien iba a Bath porque su madre tenía la intención de terminar con la Baronesa viuda, la única que podía testificar ante un juez a favor de Audrey por la custodia de ellas y de la posesión de las propiedades. Karen se percató de que las cartas databan de antes de que muriera su padre, ¿por qué? es que su madre ya sabía del testamento. Se apresuró en volver a la habitación en la que encontró a las autoridades.

—¡Tienen que ir inmediatamente a Bath! —exclamó la dama en ver a los guardias—. ¡Mi hermana está en peligro y puede ser que el Señor Seymour también! Luego ocúpense de Alicia, al fin y al cabo, es sólo una ladrona —dijo mirando con cierto deje de lástima a esa pobre muchacha víctima del egoísmo de su madre.

Los guardias obedecieron y emprendieron su marcha a Bath mientras Karen volvía a cerrar la puerta ante las miradas de consternación del servicio, por suerte sus hermanas aún estaban con la institutriz en la otra ala del edificio y no se estaban enterando de nada, no quería que por el momento supieran sobre el asunto.

— ¿Las has visto?

—Sí, las he encontrado, pero hay algo que no entiendo ¿por qué mamá te escribió antes de que mi padre muriera? —el rostro de Alicia se deformó ante tal pregunta y bajó la cabeza para empezar a llorar.

—No puedo aguantar más este peso. Te lo diré, aunque conlleve mi ruina. Elizabeth y tu padre tuvieron una acalorada discusión cuando Audrey no quiso aceptar a ninguno de sus pretendientes mientras Lord Anthon se lo permitía, en esa discusión tu padre explicó acerca de su testamento a mamá con la intención de que ésta desistiera de encontrar un marido tan pronto para su hija puesto que una vez él muriera no le faltaría de nada. Cuando mamá supo que ella sólo heredaría una pequeña parte de su marido, su inquina por él y por Audrey creció, así como para el resto de vosotras. Creo que cuando la llamaron de palacio vio la oportunidad de hacerse con la suya antes de que fuera demasiado tarde, así que...que ella fue quien ordenó matar a tu padre en el camino de regreso... así como ha ordenado matar a la Baronesa viuda para que los planes de tu padre no puedan salir victoriosos —terminó Alicia con la cara empapada de lágrimas

Karen se dejó caer de nuevo en el sillón abatida, su amado padre había sido engañado por esa mujer desde el primer día. Elizabeth Cavendish nunca había querido a su padre ni a nadie salvo a ella misma. Sus puños se contrajeron de rabia y una lágrima de rencor empezó a deslizarse por su pálida mejilla.

—¿Dónde está esa ramera ahora?

—Está en Bath junto a los dos revolucionarios que tenían encargado terminar con la Baronesa.

La pelinegra se levantó de un golpe y se colgó el arco en su espalda, dedicó una mirada a su medio hermana y antes de salir la liberó de las cuerdas ante la sorpresa de ésta.

—¿Por qué? —quiso saber Alicia mientras Karen se sacaba los pendientes y el collar, juntándolos con el resto de las joyas de Audrey.

—Toma, como tu bien has dicho, te pertenece; escapa, y prométeme que cuando todo esto haya pasado volverás —sentenció Karen mostrando una madurez desacorde con su edad mientras le entregaba la bolsa llena de oro y piedras preciosas de alto valor—. Sólo espero que esto no te cause muchos problemas —ultimó señalando la herida que ella misma le había provocado y salió de la estancia dejando a Alicia con el ridículo pegado a la altura de su corazón mientras prometía interiormente volver para agradecer a su hermana que le hubiera perdonado.

Capítulo 36

Una flecha

—¿Qué es lo que no entiendes zopenco? Ella puede pagarnos mucho más que la otra y sin necesidad de mancharnos las manos. No tenemos que matar a nadie.

—Mujer, no hacemos esto sólo por el dinero olvidas nuestra causa...

—No, George no es mi causa es la tuya desde que te juntaste con esos locos de tus amigos revolucionarios, ¿acaso no quieres que tenga mi propia casa? Ella puede dárnoslo...

—Pero la madre de esa damita está loca, si se entera de que la traicionamos creo que es capaz de matarnos a nosotros...

A Edwin no le hizo falta escuchar más para entender lo que estaba sucediendo dio una seña para indicar a los hombres que lo acompañaban que entraran en la sala para atrapar a los dos individuos mientras él revisaba una por una cada estancia para dar con Audrey o bien con su madre, Elizabeth Cavendish que, por lo visto, era la que había pagado a esos dos maleantes para causar todo eso. Aunque no entendía bien los motivos. Sabía del desdén que profesaba la Señora a sus hijas por el hecho de no haber engendrado varón, pero no entendía a que se debía todo ese disparate. Tenía que darse prisa por encontrar a su esposa puesto que según la conversación que había escuchado, se pretendía matar a alguien.

Cuando llegó a una habitación que se encontraba un tanto apartada del resto escuchó unas voces femeninas a través de la puerta, era evidente que había alguien así que cargando su revólver entró con un golpe en la estancia. Pero había llegado tarde, Elizabeth ya estaba apuntando con una pistola la sien de la Baronesa mientras Audrey intentaba zafarse con desesperación de la cuerda que ataba sus manos aunque al menos se había librado de tener la pistola en su sien por el momento. Parecía que la Duquesa estaba esperando la entrada del señor Seymour, seguramente lo había visto de alguna forma, puesto que mientras mantenía el cañón en la cabeza de la anciana miraba con posición amenazante hacía él. Edwin instintivamente y con el deber de salvar a esa pobre mujer bajó su arma para no provocarla.

—Vaya, vaya Señor Seymour...No dé un paso más o mataré a esta entrometida —amenazó Elizabeth con un tono que no denotaba ningún tipo de temblor o al menos vergüenza, mientras ejercía más presión contra el cuerpo de la Señora Royne con el revólver.

—Nunca pensé que caerías tan bajo —habló Audrey que seguía sin creer que su propia madre la hubiera puesto en esa situación.

—Cállate Audrey, ya has hecho suficiente, todo esto es tu culpa. ¡No podías limitarte a encontrar un buen marido, tenías que hostigar al necio de tu padre hasta el punto de que te dejara más a ti que a mí! Su propia esposa...

—A mi entender padre te ha dejado una buena renta anual, muchas viudas la quisieran además de dos casas, es normal que el resto me lo haya dejado a mí... a falta de varón... ¿ves mamá? Las mujeres también pueden heredar de sus padres... si hubiera sido un varón me lo hubiera llevado todo de igual forma, ¿cuál es el problema?

—No sabes nada desagradecida, no sabes todo lo que tuve que hacer para poder casarme con tu padre y para que me lo dejara todo a mí... ni siquiera me ha dejado mis propias hijas.

—¿Crees que papá no sabía cómo eras? ¿Que sólo nos querías para vendernos al mejor postor? Lo que no entiendo es como no se divorció de ti —espetó la hija.

—¡Ay, cariño! ¿Sabes por qué tu padre nunca se atrevió a dejarme? Porque era un cobarde y un idiota, un hombre así no merecía seguir en este mundo ¡Me ha arruinado económica y socialmente! Pero yo voy a hacer que esto cambie, un juez determinará el testamento de ese cretino nulo en cuanto acabe con el único obstáculo que hay —sentenció mirando con rabia a la anciana que aún estaba con la mordaza y vendada.

Edwin, que se había mantenido en la puerta, intentó acercarse en el momento en que la Duquesa parecía desconcentrarse con la conversación, pero fue en vano. Elizabeth, al ver que el hombre daba dos pasos hacía ellas estiró de la Baronesa para hacerla levantar sin dejar de apuntarla.

—Quédese ahí, ahora apártese de la puerta y déjeme salir si no quiere que manche de sangre este lugar...—el futuro Duque obedeció sin dejar de observar a su mujer la cual ya tenía las marcas de las cuerdas en sus muñecas, ardía de rabia con sólo ver a su esposa en esa situación. En el momento que Elizabeth salió del lugar con su rehén, Edwin se apresuró en desatar a Audrey y en quitarle la venda. Lejos de encontrar unos ojos llorosos, los ojos de la dama ardían de rabia y de dolor.

—Audrey...—murmuró Edwin, pero su esposa lo ignoró saliendo de la recámara—, quédate detrás de mí —ordenó el teniente tirando del cuerpo de su mujer y poniéndola en su retaguardia. Los dos avanzaron en dirección a la Duquesa viuda que mantenía apresada a la Sra. Royne que a duras penas podía seguir el paso de la que un día fue su amiga porque no llevaba el bastón.

—¡Venga camina! —incitó Elizabeth mientras tiraba de la Baronesa para bajar las escaleras principales ante la mirada impotente de todos los presentes. Cierto era que podían abalanzarse sobre ella, pero corrían el riesgo de que apretara el gatillo en esa fracción de segundos. Por eso es que todos se contenían en sus puestos mientras las seguían a una distancia prudencial hasta la salida de la casa —. Tú, ensilla un caballo ahora mismo y tráelo —ordenó al mayordomo, quien miró inmediatamente hacía su Señora buscando su aceptación, Audrey no quería causar más daño a la Sra. Royne por lo que indicó al sirviente que obedeciera. La Baronesa viuda había hecho más por ella que su propia madre.

Robert Smith no tardó en traer una yegua ensillada y acercarla con precaución a la que un día fue la amante de su propio padre, por suerte él no había nacido de esa lunática, sintió lástima por Alicia. En ese preciso instante los guardias de la autoridad en Inglaterra llegaron al lugar y no tardaron en rodear a la antigua Duquesa de Devonshire con sus armas. Audrey pensó que era irónico que la misma persona que le había marcado a fuego que ante todo eran las apariencias estuviera formando el escándalo más suculento de los próximos cinco años. Al ver que su madre no soltaba a la anciana a pesar de las amenazas de los guardias y que cada vez se mostraba más alterada Audrey se zafó del cuerpo de su esposo con miedo de que a final la vida de la Sra. Royne terminara. Se adelantó hasta llegar en frente de su madre.

—¡Audrey! —gritó Edwin enfurecido al ver la imprudencia de su mujer. ¡A saber de qué era capaz Elizabeth en esos momentos! Quizás de matar a su propia hija. Elizabeth miró de arriba abajo a su segunda hija, ni siquiera se parecía a ella, era el vivo retrato de su difunto esposo.

—¡Vete! Sal de mi vista —gritó desesperada Elizabeth cambiando la dirección de su pistola hacía su propia hija mientras tiraba al suelo a la Baronesa la cual no podía levantarse por su propia fuerza. Edwin no tardó en avanzar y posicionarse al lado de su esposa sin importarle que la bala pudiera caer sobre él.

—No te tengo miedo mamá. Vamos, ¡Dispara! ¡Dispara a la persona que tanto odias!¡Termina de una buena vez con todo esto!

Elizabeth posicionó el dedo en el gatillo dispuesta a disparar mientras miraba fijamente a los ojos de su hija empañados en lágrimas, Edwin empujó a Audrey dispuesto a llevarse su bala, pero el brazo de la Duquesa se flexionó en dirección a su propia sien para dirigir el disparo a sí misma. No obstante, una flecha le atravesó la yugular desde su retaguardia antes de que ella misma se quitara la vida. La bella mujer empapada de sangre se desplomó sobre sus rodillas sobre el suelo sin dejar de mirar a Audrey que aún no podía creer que su madre no la hubiera disparado. Inmediatamente todos buscaron al propietario de la flecha, pero tal parecía que no había nadie. Al cabo de unos instantes, el cuerpo de Elizabeth Cavendish —Duquesa viuda de Devonshire— yacía en el suelo sin vida.

Capítulo 37

Confesiones

—Aún no puedo comprender como Elizabeth llegó a esos extremos —dijo la Baronesa mientras se abanicaba desde la cama en la que había guardado reposo durante cuatro días.

—Por suerte no hubo que lamentar más muertes que la suya propia —añadió Georgiana sentada en uno de los sillones mientras dejaba el libro encima de la falda.

—¡Gigi! —reprendió Elizabeth sentándose al lado de la Baronesa mientras le tocaba la frente para verificar que ya no tenía fiebre—, pero debo admitir que me alegra que esté de nuevo entre nosotras sana y salva Señora Royne.

—Me complace ver que el señor Seymour ha sido tan generoso conmigo dejándome quedar en Dunster con vosotras pero temo ser una molestia.

—¿Molestia? ¿Por qué iba a ser una molestia? Usted se ha ganado un sitio muy importante en nuestra vida, ¿cómo no iba a vivir con nosotras? Además, este castillo es tan grande que si queremos podemos estar semanas sin vernos —intervino Audrey bromeando un poco, desde que había vuelto a Dunster y se aclaró todo lo relacionado con esa mujer (Ludovina) su humor había mejorado considerablemente. No sólo por haber podido constatar que su marido no le era infiel sino porque por fin, estaban libres de amenazas. No era que se alegrara de la muerte de su madre, que al final demostró tener algún sentimiento hacía ella, pero sentía una extraña sensación de paz que no tenía desde hacía mucho. Quizás era porque se avecinaban buenos tiempos, unos merecidos buenos tiempos.

Karen había contado todo lo sucedido con Alicia a su hermana mayor cuando ésta volvió al castillo: desde su abandono por parte de su madre hasta el robo. Audrey pudo comprender la actitud de la doncella y sentir hasta cierta lástima por ella así que felicitó a Karen por haberle dado las joyas y haberla dejado ir. Se merecía una segunda oportunidad ya que no era más que otra víctima de la locura de Elizabeth Cavendish, una mujer que se atrevió a matar a su propio marido. Cuando la mayor supo que su padre había sido asesinado por su propia esposa, le entraron ganas de matar a su madre, pero ya era imposible, algún misterioso salvador se le había adelantado.

No se había podido clarificar el autor de esa flecha, aunque todos en la casa habían tenido ciertas sospechas de quién había estado detrás de tan necesario acto. Todas y cada una de las hermanas fueron siendo informadas de todo lo sucedido menos la más pequeña, creyeron innecesario hacerle partícipe de ese dolor, era mejor que se mantuviera en la ignorancia. Al menos hasta que tuviera edad suficiente para comprenderlo, si es que se podía comprender.

Audrey dejó a sus hermanas con la Baronesa y fue en busca de su marido. Últimamente no se podía despegar de él, siempre que tenía la ocasión iba a su encuentro y permanecía a su lado, cada vez que recordaba que ese hombre se había puesto en medio de una posible bala para salvarla, más lo amaba. En realidad, lo único que le fallaban a ese caballero eran las formas por lo demás era perfecto. Al menos para ella, que cada día que pasaba estaba más enamorada de él. Sin embargo, Edwin aún se mostraba frío y distante incluso aún no la había ido a visitar en su alcoba, y la pelinegra sospechaba que todavía estaba dolido por lo que le dijo la noche en que volvió de la fábrica. Por ese motivo, había decidido que ese día le confesaría toda la verdad.

—Edwin...—empezó Audrey sin que su marido levantara la cabeza de lo que estaba escribiendo—. Edwin, ¿puedes atenderme unos instantes?

El caballero se había mostrado distante de su mujer, a pesar de que se sentía más unido a ella después de todos los acontecimientos sucedidos con su propio padre y su suegra, no había podido olvidar que esa mujer sólo se había casado con él por una mera formalidad. A pesar de que él había estado dispuesto a dar su vida por ella. Era cierto que desde que se había aclarado el malentendido con Ludovina había notado a su esposa más cercana, así como más natural, tal parecía que el haberlo hecho partícipe indirectamente del comportamiento escandaloso de Elizabeth, hubiera relajado a Audrey frente a él. No podía negar que estaba más que tentado en sucumbir a su deseo de volver a yacer con ella en el mismo lecho, pero no sería él quien diera ese paso después de todo lo que le había dicho en esa discusión.

—Ahora no, estoy muy ocupado más tarde... —repuso intentando parecer indiferente al aroma embriagador de esa musa que lo tenía enloquecido desde que la vio en el lago. Audrey accedió y se fue, a decir verdad, tenía un mejor plan. Sabía que si a algo no se resistía ese tosco hombre era al ángel que tenía por hermana, así que fue en busca de Liza y le propuso ir al encuentro de su hermano, tal y como ella lo llamaba, para cenar.

Audrey escuchó desde la puerta como su pequeña hermana convencía a un resignado Edwin a bajar a cenar. Al saber tan buena noticia puesto que era extraño que ese lobo saliera de su guarida, llamó a la ama de llaves para encargarle que preparara la cena sin escaseces. Quería que esa noche fuera especial de alguna forma. Una vez dadas las órdenes pertinentes a los empleados, se empezó a arreglar junto a su nueva doncella, la misma que la había acompañado a la fábrica y que a pesar de ser callada, era muy complaciente y agradable.

Decidió que, a pesar de llevar aún el luto, ponerse algo un poco más soberbio para la ocasión, ahora que ya estaba casada podía usar libremente vestidos escotados, así que decidió ponerse un vestido negro, pero con escote en forma de barco junto a su tiara de diamantes que siempre guardaba en una caja aparte de su joyero. Por otro lado, también avisó a sus hermanas que se arreglaran un poco más de lo habitual para poder compartir una agradable velada todos juntos después de tantos incidentes.

A las nueve en punto Audrey estaba en el salón a la espera del resto de los comensales, había encomendado decorar de forma sutil el salón para que ese día se viera y se sintiera un ambiente diferente y especial, todas sus hermanas fueron bajando una por una. La Baronesa no acudió argumentando que aún se sentía un poco débil por todo lo sucedido. Audrey empezó a temer por unos instantes que al final su marido no se presentara, pero cuando lo vio entrar con el frac negro andando con su paso habitual sin preocuparle la hora que era, el corazón le dio un salto. Era, sin duda, el hombre más apuesto y varonil que había visto en su vida soltó un largo suspiro cuando vio que el caballero en cuestión se sentaba a su lado, ocupando la cabeza de la mesa.

—¡Qué agradable tenerlo con nosotras por una cena! —inició Elizabeth que no podía otra cosa que sentir un inmenso agradecimiento por ese hombre que había hecho tanto por ellas. A Bethy no le cabía la menor duda que el caballero estaba completamente enamorado de su hermana, aunque se mostrara en muchas ocasiones frío y mal humorado.

—Gracias.

—¡Mira Edwin! Edwina también está cenando con nosotros —exclamó de gozo Liza mientras movía a su muñeca con gracia lo que provocó una sonrisa apenas perceptible en el teniente que, a pesar de sus esfuerzos por mostrarse indiferente, se deshacía ante la pequeña. Él mismo empezaba a considerarla su propia hermana. Su infancia fue marcada por la soledad y la tristeza, y esa niña era como un rayo de sol en su vida. Cuando la veía reflexionaba qué hubiera cambiado si hubiera tenido una infancia con más hermanos.

Los mozos empezaron a servir la sopa ante la conversación animada de las hermanas mientras Audrey observaba en silencio al hombre que de un día para otro se había convertido en el tutor de cuatro jóvenes casaderas, se preguntaba si realmente Edwin se sentía cómodo en esa situación, pero por lo que había podido conocer de él intuía que a pesar de que nunca lo reconocería, a Edwin Seymour le agradaba la compañía de las Cavendish. La cena transcurrió de forma armoniosa y sin más percances que alguna copa derramada por parte de Liza o alguna discusión entre Karen y Georgiana. Las más pequeñas se retiraron pronto dejando al matrimonio solo, el cual no se había dirigido la palabra en toda la velada. Audrey se preguntaba si Edwin le ofrecería el brazo para retirarse de la mesa juntos, pero se olvidaba que se había casado con el ser más mal educado de la tierra. Seymour se levantó sin ni siquiera mirar a Audrey y subió las escaleras hasta su alcoba solo. La joven, sin inmutarse, se levantó sola de la mesa y siguió el mismo camino que su esposo había recorrido, entrando por primera vez desde la discusión en el dormitorio del señor de la casa.

Edwin se había retirado rápidamente de la sala cuando vio que se había quedado a solas con esa ninfa de la noche, sabía que si se quedaba sucumbiría al deseo de besarla que por tantos días había retenido, pero había sido en vano. Ahí estaba, su perdición estaba de pie frente a él en la intimidad de su alcoba y más bella que nunca.

—¿Quién te ha dado permiso para entrar aquí?

—¿Necesito permiso para entrar en la alcoba de mi marido?

—Cuando se trata de un marido al que no deseabas en tu vida, sí —sentenció Edwin apartando la mirada de su mujer.

—Precisamente eso he venido a explicarte, si te casaste conmigo es porque yo lo deseé… lo deseé con todas mis fuerzas… tanto que hasta hice algo de lo que no estoy orgullosa, pero que no me arrepiento puesto que gracias a eso ahora puedo verte cada día de mi vida

—¿Qué?

—No soy muy dada a expresar mis sentimientos así que espero que me escuches hasta el final, aunque lo que te vaya a decir te enfurezca…

Audrey explicó todo acerca de su plan a Edwin mientras observaba que el rostro del mismo iba cambiando por momentos, pero no sabía determinar exactamente como se lo estaba tomando, puesto que el caballero siniestro no era dado a dar a entender fácilmente sus pensamientos o sentimientos. Cuando terminó todo el relato se sorprendió que por primera vez ese rudo caballero soltara una carcajada de lo más natural confundiendo a su esposa hasta el punto de no saber si enfadarse ante tal gesto después de haberle confesado algo tan íntimo o reír con él.

—¿Puedo saber de qué ríes? Me dijiste una vez que tú nunca reías, ¿a qué debo este honor? —preguntó Audrey estirando su espalda y alzando su barbilla, pero no obtuvo respuesta, de un movimiento rápido Edwin alzó a la pelinegra del suelo y la besó con pasión, pero también con ternura y cariño.

—Así que me amas…

—Yo no he dicho tal cosa Señor…

—Sí me amas, Señorita Remilgada, ¿si no porqué una estirada como tu aceptaría en participar en semejante plan? Arriesgándose a perder su preciada reputación sólo por conseguir un matrimonio conmigo…

—También podría ser que te quería cazar para llevar a cabo mis planes con el Ducado de Devonshire —replicó Audrey reponiéndose del beso que le había sabido a elixir del paraíso, pero enfadada por los calificativos que el hombre al que amaba aún usaba.

—Querida, hombres no te hubieran faltado para llevar a cabo tu cometido, ¿piensas que no sé qué me he casado con una de las mujeres más ricas del país? Tú estás perdidamente enamorada de mí, a pesar de que no soy el hombre perfecto ni el caballero… —siguió bromeando Edwin hasta que notó que los ojos de su esposa se empañaban y calló al instante, temiendo haberla herido.

—Puedes reírte de mí todo lo que quieras, pero lo cierto que es verdad —confesó la joven que había sufrido tanto y que por fin se sentía segura—, eres el único hombre que he amado y amaré, quizás te amé desde día que me rescataste en el lago pero me he ido percatando de ello cada vez que acudías a mí, para protegerme de alguna situación, en ti he encontrado no sólo seguridad y confianza sino un sentimiento que nunca antes había tenido, cuando te veo todo mi cuerpo tiembla… sí, Edwin Seymour, te amo —sentenció Audrey dejándose caer en un sillón mientras lloraba todo lo que no se había permitido llorar desde que tenía uso de consciencia.

Edwin se acercó a la joven que se había abierto tanto a él y se arrodilló frente a ella al mismo tiempo que le alzaba la barbilla para que lo mirara.

—Como habrás podido comprobar tampoco soy un experto en expresar lo que siento, como ves ninguno de los dos hemos tenido un hogar común que nos ayudara a ello, pero me arrepiento por cada vez que te vi llorar y no te consolé. Siento lo de tu padre sé que lo amabas y siento todo lo que tu madre te ha hecho sufrir, pero a pesar de que no te lo expresé con palabras siempre hubo algo en mí que se encogía al ver tu dolor, de hecho tengo que confesarte que te amé desde el día en que te vi...a pesar de tu pose seria, altiva y arrogante te consideré la mujer más interesante e intrigante que había conocido nunca. He de reconocer que no quería casarme al principio y que quería mantenerte lejos de mí pero sólo era por miedo, miedo a mi padre pero sobre todo miedo a mí mismo... tenerte ahora aquí, confesándome tu amor sólo me llena de la felicidad que nunca tuve. Perdóname si alguna vez...

—No, después de todo lo que has hecho por mí y por mis hermanas soy yo la que te tengo que pedir disculpas por mi comportamiento egoísta...

—Tienes que saber que todo lo he hecho por ti, te amo...

Lord Seymour se incorporó al mismo tiempo que cargaba a Audrey en sus brazos y la llevaba hacía la cama.

Capítulo 38

Felicidad

Edwin se deleitó con el perfume de su esposa mientras la dejaba con delicadeza encima de la cama y observaba por primera vez en largos y duros días la belleza de su mujer y más ahora que por fin se había mostrado verdaderamente como era y que esa naturalidad parecía reflejarse en la joven en forma de atractivo y de misticismo.

Audrey se sentía desahogada, no del todo feliz puesto que había fallecido su amado padre en manos de su propia y perturbada madre hacía tan sólo un mes, pero sí se podía decir que estaba empezando a saborear aquello que llamaban paz y felicidad. El haber sabido que su marido la amaba tanto como ella lo amaba a él, significaba el inicio de una gran etapa en la que no habría cabida para los malentendidos ni distanciamientos. La Señora Seymour se estremeció al notar la mirada penetrante y oscurecida de Edwin sobre ella, a pesar de que ya conocía lo que sucedía en el lecho entre un hombre y una mujer, le seguía pareciendo todo nuevo y, sobre todo, emocionante.

—No te voy a dejar salir de aquí en unos cuantos días...—dijo Edwin con una voz grave y profunda.

Al escuchar esa declaración de intenciones la joven no pudo evitar un leve sonrojo por lo que significaba aquello, a pesar de que hasta ahora él siempre había llevado las riendas de sus encuentros íntimos esta vez ella también quería darle algo a él así que se incorporó de un salto.

—¿Puedes esperarte aquí unos instantes? —preguntó Audrey un tanto avergonzada ante la mirada de sorpresa de su esposo.

—Sí claro...

—Siéntate por favor —pidió la joven a lo que el teniente obedeció mientras ella se apresuraba en atravesar la puerta que comunicaba con su habitación.

Edwin por un momento temió haber asustado a su esposa que aún era inexperta en el lecho, pero todo tipo de duda al respecto se desvaneció cuando vio aparecer a la mujer más hermosa que sin duda había visto jamás, ataviada con un camisón de lo más sugerente de color rojo que combinaba a la perfección con la piel blanca y radiante como la luna de la que se había enamorado el primer día. Por primera vez en toda su vida se quedó bloqueado y estático mirando de arriba a abajo a la única mujer que conseguía endurecerlo tan sólo con su presencia.

Audrey se puso el camisón que alguna de sus tías le regaló en la boda pero que ella no se había atrevido ni siquiera a mirarlo por lo atrevido que era, pero esa noche era especial y se merecía un poco de atrevimiento por su parte así que acompañado de unas gotas de perfume se envolvió con él dejando entre ver cada parte íntima de su ser oculta tan sólo por su largo pelo oscuro que le llegaba hasta las pantorrillas. Cuando se preparó imaginó en cierto modo como se lo tomaría Edwin, pero jamás había pensado que al volver a la alcoba de su marido éste se quedaría petrificado al verla. Audrey al ver que su marido no reaccionaba tomó el suficiente valor para empezar a andar hacía él, pero no pudo llegar a su destino porque el viril hombre se levantó y la alzó entre sus brazos hasta llegar al lado de la chimenea.

La tendió encima de la moqueta que estaba caliente por la cercanía del fuego y empezó a besarla con pasión sentado a horcajadas encima de ella. Primero atacó esos labios sugerentes. pero luego los besos fueron descendiendo por el cuello provocando una oleada de placer y calor en Audrey que sin querer quedarse quieta empezó a deslizar la mano por la parte más íntima de su esposo provocando que éste se moviera con más fervor.

Edwin no se podía creer que una mujer a penas experimentada le estuviera dando tanto placer y enloquecido bajó su camisón con un tirón fuerte para poder perderse en el deleite de su cuerpo.

Los dos amanecieron en el suelo de la habitación, pero lejos de empezar con sus quehaceres diarios, el señor de la casa la cogió en brazos y la dejó encima de la cama donde le hizo el amor hasta el día siguiente; así pasaron al menos tres días, embriagados de ese sentimiento y entre risas, risas provocadas, en gran parte, al ver la cara de alguno de sus empleados encargados de subirles los platos de comida hasta la habitación. Por primera vez en su vida disfrutaron y se olvidaron de todo, no sólo se conocieron en el plano físico si no que se contaron anécdotas e historias de sus correspondientes vidas que, para ninguno de los dos, había sido fácil.

Capítulo 39

Nunca

Audrey y Edwin tuvieron que volver a sus ocupaciones diarias, no podían olvidar que no dejaban de ser futuros Duques y propietarios de numerosos negocios que necesitaban de su atención, así como que eran los tutores de cuatro pequeñas a las que la Baronesa viuda tuvo la deferencia de llevar a Bath durante los tres días que pasaron en su reclusión necesaria.

Una vez todo se encauzó en la misma rutina y orden habituales, no era que cambiara en demasía el carácter de cada uno de ellos, pero sí que se suavizó y se mostraban más comunicativos no sólo entre ellos sino con el resto de los integrantes de la casa, en numerosas ocasiones Edwin bajaba a cenar con las muchachas, así como Audrey organizaba de vez en cuando excursiones y picnics en las tierras de Dunster.

La nueva poseedora de las tiendas de perfumes más famosas de Inglaterra, así como sus correspondientes fábricas se hizo cada vez más conocida entre sus empleados puesto que había conseguido el permiso de su esposo para ir a todas y cada una de ellas en compañía de sus doncellas, de esa forma pudo organizar, contratar y despedir cuanto hiciera falta causando así un rendimiento de sus negocios un tres por ciento superior a los dos meses pasados. Todo el dinero que amasaba lo invertía en mejorar algunas de sus casas o bien en más tierras, convirtiéndose así en una de las mujeres con la fortuna más cuantiosa no sólo de Inglaterra sino a nivel mundial empezando a exportar sus productos a Europa y algunas regiones de India y África donde las mujeres de mejor clase social necesitaban de sus fragancias, así como muchos hombres compraban sus lociones.

El cuidado de sus hermanas no se le hacía para nada difícil ya que en su mayoría eran bastante maduras y aún estaban en casa, lo complicado sería cuando empezaran las temporadas de cada una de ellas, sobre todo temía la de Karen ya que era la más rebelde de todas. Con previsión había empezado a coser los vestidos para la temporada de Elizabeth, la cual faltaba menos de un año para que empezara.

Con tanto trabajo apenas había tenido tiempo de pensar en Chatsworth House y el Ducado de Devonshire. Por supuesto que no se había olvidado, pero el viajar por toda Inglaterra además de encargarse de cuatro jóvenes damas no eran asuntos distendidos.

—¿Has podido contactar con Alicia? —preguntó de golpe Karen que estaba sentada en frente de ella durante el desayuno.

—La verdad es que no, he intentado encontrarla a través de algunos contactos y por lo visto nadie sabe nada de ella...

—Sólo espero que esté bien, no se merece sufrir más...—añadió Elizabeth terminando su panecillo de mantequilla.

—Seguro que estará bien, a pesar de todo es una chica espabilada su hermano me comentó que quizás había ido a Francia...—explicó Georgiana que había interrogado a Robert Smith durante su estancia en Bath sobre el paradero de su medio hermana.

—Me han dicho que muchas personas con pocos recursos han llegado a amasar grandes fortunas en ese país—terminó Karen.

—Por cierto, Audrey ¿has podido saber algo sobre tu suegro? —preguntó la pelirroja.

—Lo único que sé es que está muy enfermo y necesita tranquilidad —mintió en parte la mayor que no creía necesario tener que explicar cómo era el padre de su esposo en realidad, más que nada por respeto a él—, por eso os pido que intentéis evitar pasar cerca de la torre, el ruido lo enferma más —ultimó la pelinegra intentando de esa forma alejar a sus hermanas de ese monstruo a lo que todas aceptaron al unísono.

—Liza cada vez está más mayor...

—Cierto, pronto desayunará y cenará con nosotras, de momento aún tiene que seguir su propio horario...

—¿Y la Baronesa? —preguntó Bethy.

—Ha decidido tomar el desayuno en su recámara, por lo visto hoy se encontraba indispuesta. Luego subiré a verla.

Una vez terminados sus vasos de leche y sus panecillos con viandas, todas se dirigieron a sus obligaciones diarias: Karen y Georgiana con la Srta.Worth, Elizabeth a ver a la más pequeña y Audrey a visitar a la Baronesa, pero no pudo llegar a la recámara de la anciana porqué a medio camino se desvaneció sin llegar a tocar el suelo gracias a la rápida ayuda de uno de los sirvientes que la cogió antes de que se diera un golpe contra la moqueta.

Audrey se despertó en su alcoba, que era la misma que la de su marido, desde el día que se habían reconciliado quedó decretado que compartirían el lecho, aunque sólo fuera para dormir juntos y abrazados.

—¿Qué ha pasado...? —consiguió articular al ver que estaba rodeada de sus hermanas y la Baronesa.

—Mi niña te has desmayado, en breve vendrá el doctor —informó la Baronesa cogiéndole la mano con cariño al mismo tiempo que unos toques en la puerta anunciaban la llegada del médico de la familia Seymour.

—Vamos, dejemos a vuestra hermana tranquila —aconsejó la anciana mientras hacía una seña con los brazos a lo que las muchachas obedecieron.

Una vez fuera todas estaban impacientes menos la Sra. Royne que se había sentado tranquilamente a tomar una taza de té.

—Baronesa, ¿qué será lo que tiene mi hermana? —preguntó Elizabeth sentándose al lado de la viuda.

—Querida, vas a ser tía...

—¡Pero...! ¿Cómo lo sabe si aún no…? —pero no pudo terminar la frase puesto que el doctor salió en ese preciso instante permitiendo a las damas que volvieran a entrar.

—¿Qué te ha dicho el doctor? —interrogó Karen al ver las lágrimas de Audrey.

—Estoy encinta —respondió sin más provocando vítores de dicha entre todas las presentes mientras una silenciosa lagrima de felicidad recorría la mejilla de la futura madre.

Audrey esperó en el lecho guardando reposo, tal y como el médico le había recomendado, a que su marido volviera de su ronda habitual por los alrededores.

Edwin entró por el vestíbulo cansado puesto que había tenido que dedicar más tiempo de lo necesario en su paseo a causa de una valla rota en los límites de sus tierras, sin embargo, nada más llegar a su casa notó que el ambiente era diferente, no se escuchaban ni los gritos ni las risas de las Cavendish, así como el servicio irradiaba una felicidad inusual en sus rostros. Se acercó al mayordomo para entregarle su capa y su sombrero y se percató que éste dibujaba una leve sonrisa en su rostro.

—¿A qué se debe esa sonrisa Sr. Williams? —preguntó Edwin un tanto divertido al ver a su normalmente serio y estricto sirviente sonriendo.

—Señor será mejor que lo descubra usted mismo, la Señora se encuentra en su recámara.

—¿En la recámara? ¿A estas horas? ¿Está enferma? —sin esperar a la respuesta subió las escaleras de dos en dos y dio grandes zancadas hasta su guarida, la cual ahora ya no tenía solamente su olor sino también el de su esposa. Lo que no esperó es que nada más entrar en el dormitorio, Audrey se levantara de un brinco y saltara a sus brazos más feliz que nunca.

—¿Qué ocurre? Pensé que estabas enferma...—pero lejos de responder la joven cogió la mano grande de su esposo y la posó encima de su vientre mirándolo a los ojos fijamente hasta que le hizo comprender.

—¿De verdad? —preguntó emocionado Edwin antes de dejar correr su felicidad.

—Sí —contestó entre risas Audrey.

—¡Es maravilloso! —exclamó el teniente cogiendo a su mujer en volandas al mismo tiempo que ésta le pedía que tuviera cuidado.

Cuando ya hubieron asimilado que serían padres en breve, se acomodaron en la cama para poder abrazarse y hablar más cómodamente. Edwin se mostraba ensimismado acariciando el vientre de su esposa.

—¿En qué piensas? —preguntó el caballero notando ausente a su esposa.

—Pienso en cómo puede ser que una madre deteste a su hijo por su sexo... si aún no tengo a mi bebé en los brazos y ya lo amo con locura...

—¿Entonces si nace niña no la culparás por perder el Ducado de Devonshire?

—¡Nunca! —sentenció Audrey poniendo las dos manos encima de su vientre y jurándose a sí misma amar a ese pequeño ser que se estaba formando en sus entrañas incondicionalmente.

Epílogo

—¡Ven aquí Mary! —exclamó la Sra. Evans, antigua nana de Edwin, con un intento de controlar a la hija de su señor, que desde que había aprendido a andar no había quien la parase, tal parecía que había heredado la obstinación de su madre.

—¡Sra. Evans! Debo decirle que es un placer que haya venido hasta aquí para visitarnos —dijo Audrey al mismo tiempo que llevaba a su otro hijo en brazos.

—¿Cómo me iba a perder el cumpleaños de mis dos niños? Ahora que el señor Edward nos ha dejado puedo disfrutar de lo único bonito que dejó en este mundo —explicó la anciana al mismo tiempo que se iba siguiendo la pequeña pelinegra.

—Tan iguales y tan diferentes, mientras Mary no da un segundo de descanso, Anthon está de lo más tranquilo, es una copia de su padre tanto en carácter como en el aspecto físico —agregó la Baronesa sentada en uno de los sillones de Chatsworth House.

—¿Tranquilo? Mi sobrino todo lo que tiene de tranquilo lo tiene de pícaro, el otro día descubrí que había sido él quien había cogido mi arco, lo tenía escondido en la habitación de juegos —dijo Karen sin evitar sonreír al ver como el pequeño Anthon la miraba como si la entendiera a pesar de que aún no formulaba frases coherentes.

—Bethy, ¿estás preparada para la temporada? — inquirió Gigi haciendo sonrojar a su hermana mayor.

—Sí…sí… Estoy preparada, Audrey me ha comprado todo lo necesario…

—¡Pero si vas tartamudeando ningún hombre te querrá! —exclamó con sorna Karen mientras pellizcaba la barriguita de su sobrino con cariño.

—Déjala, no la molestes, será la beldad de la temporada no le hará falta hablar —intervino la Sra. Royne para dar un poco de ánimos a la joven casadera.

—¿Y Liza? ¿Dónde está? —preguntó Audrey de pronto al percatarse que la menor no estaba.

—Ha ido con Edwin a una de las terrazas —contestó Gigi.

—¿Podéis cuidar del pequeño mientras voy a buscarlos?

La celebración del primer cumpleaños de los mellizos fue alegre puesto que coincidió en el momento en el que de una vez por todas se les hacía entrega del título de Devonshire junto a sus propiedades. Atrás habían quedado esos días de sufrimiento y desasosiego, parecía que todos aquellos que hubieran podido hacerles daño habían ido cayendo poco a poco, dejándolos saborear aquello que llamaban felicidad. Decidieron celebrar la fiesta en Chatsworth House a pesar de que su residencia principal seguía siendo el castillo de Dunster, sobre todo ahora que Edwin había obtenido el Ducado de Somerset; no es que no tuvieran planeado vivir nunca en esa mansión si no que preferían combinar ambas residencias según su conveniencia.

Audrey abandonó la sala de los invitados para ir en busca de su esposo y de su Liza, en realidad sí parecía que eran hermanos, Liza adoraba a Edwin y él a ella.

—¡Sra. Poths! Estaba riquísima la tarta de bayas, no sabe cuánto la he echado de menos —saludó Audrey al ver a la agradable Señora en uno de los pasillos.

—Oh querida, ¡y nosotros a vosotras! Por favor no tardéis tanto en volver, ésta es vuestra casa —rogó la regordeta mujer que realmente apreciaba a la familia Cavendish.

—Por supuesto, iremos combinándonos, ahora que tenemos dos Ducados se nos ha duplicado el trabajo... ¿cómo está su hijo?

—Él se fue hace unos meses... a ese continente...América... —repuso la cocinera un tanto afectada al recordar a su hijo.

—No se aflija, sé de buena mano que ahí hay muchas oportunidades, tengo una...una amiga que también ha ido —dijo Audrey recordando a Alicia—. ¿Ha visto a mi esposo?

—Sí, lo he visto en la sala dorada con la pequeña Liza, parecía que iban a salir a la terraza.

La nueva Duquesa de Somerset y madre del Duque de Devonshire anduvo hasta la sala dorada donde efectivamente vio a dos de sus grandes amores manteniendo una conversación de lo más animada, se acercó sigilosamente y se atrevió a escuchar un poco de lo que hablaban.

—¿Crees qué le gustará a tu hermana? —preguntó Edwin muy serio a la pequeña rubia.

—Sí, ¡seguro! ¡Le encantará!

—¿Qué es lo que me tiene que gustar? —interrogó la pelinegra sorprendiendo a los dos pero no hizo falta que respondieran, ahí encima de la valla del balcón se erigía una estatua en forma de un perro, y ese perro era Tish—. ¡Tish!

—¡Sí! Edwin lo mandó a hacer para que recordaras al perrito —explicó Liza mientras abrazaba la figura como si fuera a cobrar vida de un momento a otro empañando así los ojos de Audrey.

—Es precioso...—dijo Audrey mirando a Edwin que se mantenía con su pose despreocupada como si todo aquello no fuera con él—. Te amo Edwin Seymour.

—Yo no sé, me lo tendré que pensar —respondió con sorna al mismo tiempo que se acercaba a su esposa y depositaba un casto beso sobre sus labios provocando ante todos los presentes gestos de fastidio, y es que todas las Cavendish y los pequeños Seymour habían ido al encuentro del matrimonio.

Los padres se acercaron de forma afectuosa a sus hijos cargándolos en brazos después de que las damas les hicieran entrega de ellos, en total eran ocho o incluso nueve con la Baronesa, habían formado una familia, su propia familia y todos juntos superarían las pruebas que les tenía la vida.

Sobre La Autora

MaribelSOlle es una escritora que tiene entre sus éxitos "La Saga Devonshire" y "El Diario de una Bastarda". Próximamente publicará la Saga de las Joyas de Norfolk. Si quieres encontrar sus obras, solo tienes que buscarlas en Amazon.
También puedes seguirla en Instagram o Facebook para no perderte ninguna novedad.

Visita www.maribelsolle.com

Nota Final De La Autora

Os invito a dejarme una valoración súper positiva en Amazon o Goodreads. Es un acto sencillo, pero que me hará muy feliz. ¡Gracias!